C O L E C C I Ó N   T U R Q U E S A

N A R R A T I V A

*Final de las
noches felices*

Álvaro Robledo

Final de las noches felices

Villegas
editores

Libro diseñado y editado en Colombia por
VILLEGAS EDITORES S. A.
Avenida 82 n° 11-50, Interior 3
Bogotá, D. C., Colombia
Conmutador (57-1) 616 1788
Fax (57-1) 616 0020
E-mail: informacion@VillegasEditores.com

Editores
BENJAMÍN VILLEGAS
LUIS FERNANDO CHARRY

Departamento de Arte
ANDREA VÉLEZ
JUAN MANUEL AMÓRTEGUI

Primera edición, marzo 2006
Primera reimpresión, junio 2007

ISBN 958-8293-07-3

Carátula
Fotografía, Iván Herrera

Impreso en Colombia por
PANAMERICANA FORMAS E IMPRESOS S. A.

A Carolina

EL CARACOL

El caracol se cubrió bien los ojos
con cera,
inclinó la cabeza sobre el pecho
y mira fijo,
fijamente en él.

Sobre él
está la concha,
que le da asco.

En torno a la concha
está el mundo,
el resto del mundo,
dispuesto aquí y allá
de acuerdo a ciertas leyes
que le dan asco.

Y en el centro de este
asco universal
está él,
el caracol,
que le da asco.

MARIN SORESCU

PRIMERA PARTE

La libertad de un hombre está en quedarse cuando se tiene que ir.

De nuevo acostado bajo mi cama. Me río a intervalos en el quinto aniversario de la muerte de mi padre. Lo recuerdo, feliz de hacer mías sus palabras, de haber iniciado el tan anhelado desarraigo de la solemnidad en mi vida. Los primeros martillazos de un dolor opulento, que recibí hace unos años, modelan en mí una nueva manera de acercarme al mundo.

Ahora el verano en Barcelona está en su apogeo. Me refresca la presión del cuerpo contra el suelo mientras escucho los ya familiares ruidos de la calle. Estar en otro lugar diferente a Colombia, conocer otro apartado del no tan ancho mundo, me ha llevado a comprender uno de los secretos más tranquilizantes de la vida: la uniformidad escondida bajo la variedad de las apariencias.

Este tiempo fuera del hogar, al que había abandonado para abandonarme a mí mismo, trae consigo la certeza (sabiendo, por supuesto, que toda impresión es subjetiva) de que siempre nos encontramos en todas partes frente a versiones de nosotros mismos, fragmentos tergiversados, como el de ahora, en el que intento llevar el corazón ligero.

El teléfono comienza a sonar y prefiero permanecer aquí abajo. Repica con su usual escándalo, instándome a que vaya a tomarlo. Su alarma trae las imágenes de las posibles personas que quizás quieran hablar conmigo: mi madre querrá compartir su luto sin excesos, Juan, mi hermano, regalarme alguna memoria de papá, recordándome cómo este día significará siempre un día de fiesta, de celebración para nosotros. Quizás sea Felipe, atento amigo que nunca olvida lo importante. Tal vez Martín, con quien estuve hace un lustro en el funeral de papá, en ese día lluvioso que terminó soleado, imagen que me hizo pensar que mi padre ya había llegado al cielo. Las posibilidades se siguen sucediendo hasta que se agotan y lo más curioso es que en verdad no quiero hablar con nadie.

Pienso, al oír el teléfono, que el recuerdo, contrario a lo que pensamos, es palpable en ocasiones, es más bien pesado, se ahoga en las aguas de una vida que ya no sentimos propia, envueltos todavía en su carne demasiado débil, sin moldear.

Ese recuerdo de un tiempo digno, de mi vida en Bogotá, de esos años sumido en una ignorancia arrogante (creía comprenderlo todo), trae consigo escozores a la vez que una cierta diversión, esa sonrisa cuando recordamos con cuánta seriedad pudimos llegar a tomarnos la vida.

Escuchar el teléfono y no responder es mi pequeño manifiesto contra ese tiempo.

—¿No vas a contestar nunca? —pregunta Dolores, quien está acostada sobre la cama viendo televisión.

Hace una semana llegó por sorpresa, situación que le ha traído alegría y gratitud a mis días, aun cuando una tarde con ella me deja extenuado, debido a la necesidad de controlarme, de evitar la menor alusión que hiera su susceptibilidad (y todo la hiere), dejándome sin fuerzas, insatisfecho tanto de ella como de mí mismo. Siempre acabo, por escrúpulos, reprochándome por haberle dado razón en todo, me desprecio por no haber reaccionado, por no haber explotado, siguiendo ese extenuante ejercicio de delicadeza. Sin embargo, era bueno saber cómo estábamos ligados el uno al otro porque carecíamos de la menor esperanza.

Salgo de mi improvisado fortín, beso en la frente a Dolores, quien sonriente me apura con las manos para que vaya a contestar, todo con la única intención de que le traiga un vaso de agua. Cuando llego ya ha dejado de sonar. Junto al teléfono está mi bonsái de olivo un poco marchito, imagen que me hace pensar en que quizás sufre del síndrome de Ulises, ese dolor del inmigrante lejos del hogar. Le quito algunas hojas secas y se las pongo sobre la cabeza a un muñeco de Copito de Nieve de casi un metro de alto, un regalo de un amigo tiempo antes de la muerte del gorila. El teléfono no vuelve a timbrar pero el recuerdo del pasado sigue sonando. Mientras le sirvo el vaso de agua a Dolores, vuelvo a pensar en papá y entiendo momentáneamente que no existimos sólo para nosotros y que allí reside la real fuerza. Mientras seamos observados, tendremos la obligación de dar una imagen ejemplar y enérgica, a fin de ayudar a quienes no saben en absoluto lo que desean.

Llevo el agua a Dolores y ella bebe comedidamente. Después lo deja al lado de la cama y recuesta su cabeza sobre mi pecho. Vuelvo a sentir su conocido peso y su olor a pan recién hecho y peros en flor, realidades que empujan el recuerdo de esos años transcurridos.

ABURRIDO CORAZÓN

Mi corazón estuvo siempre en un país que no existía o que era la mezcla de los sitios que había querido conocer, de las canciones que había querido escuchar. Pero no estaba allí, donde yo estaba.

Cansado de todo, de la tristeza y la alegría, de las excesivas relaciones con la gente, de estar solo, quise ir en busca de ese sitio imaginario, o al menos lanzarme a la tarea de encontrar algún lugar en donde me sintiera en casa.

Para continuar la historia familiar mi padre me bautizó Aníbal, saldando sus cuentas con la tradición y convenciendo a sus padres, de esta manera, que lo había hecho en honor del gran jefe de los cartagineses, temor de los romanos, el hombre que ordenó inmolar (como tributo a los espíritus de los antepasados de su abuelo Amílcar) a tres mil habitantes de la vencida Himera. Años después yo descubriría que papá me había bautizado secretamente en honor de otro Aníbal: Aníbal Troilo, el bandoneonista. Del primer Aníbal guardaría la frase que lo hizo célebre: "Encontraremos el camino o trazaremos uno", que me había acompañado en más de una ruta maltrecha. Del gordo Troilo tenía el amor por el tango, en particular por el sonido de su instrumento, y la ambivalencia que requería de sus palabras para ser descrita: "Siempre me gustó estar solo. Soy un poco retraído, pero me gusta la amistad, estar rodeado de amigos, pero a veces me gusta estar solo también".

En esos últimos meses, tras la muerte de papá, intenté paliar esa sensación de desarraigo de la manera más sencilla: dejé la casa materna y fui a vivir a un pequeño apartamento con vista a la calle. Dedicaba algunas horas a ver pasar los carros desde la ventana; también una que otra avioneta cruzaba el cielo gris de Bogotá. Me gustaba pensar en mí como un prisionero de guerra en un campo de concentración tranquilo, donde los captores me trataban bien, la comida era caliente y buena, había cerveza e incontables maneras de matar las horas muertas, incluso de cuando en cuando dejaban entrar mujeres que se quedaban por una temporada, hechos que no impedían, también a veces, sobre todo en las largas noches, llevarme a caminar cerca del alambrado, de los nidos de ametralladoras y de los soldados que me saludaban por el nombre, recios guardianes de una fortaleza sin posibles evasiones, pero este era otro de los imaginarios de mi aburrido corazón.

En esos meses también había comprado un bonsái de olivo al que le contaba historias sobre otros árboles importantes de la Historia: los cedros del Sinaí, los pinos del Canadá, los fresnos de Laponia, los perdidos manglares de la Ciénaga Grande del Magdalena. Estas actividades (además de quitar los pelos represados en la tina y de destapar el inodoro con una chupa negra que producía sonidos guturales) habían sido mi alimento espiritual a lo largo de una hora de sábado en la noche, quizás un jueves, como manera débil de paliar el tedio de mis días.

Así, después de pensar en la persona con quien menos me molestaría pasar el resto de la noche, decidí salir a caminar hacia una noche fría y despejada con luna menguante. Me subí el cuello de la chaqueta y apuré el paso aun cuando no tenía prisa. Luego estiré la mano y subí a un taxi inmenso, manejado por un hombre gordo de patillas blancas y bigote mexicano. Me preguntó a dónde me dirigía y yo le respondí que cogiera la carrera séptima en dirección norte.

Por la séptima vi una licorera llamada La última salvación. Para evitar decir que soy supersticioso, en estos días me repito (también por ocio) que prefiero seguir una muy personal interpretación del pensamiento cabalístico: como veo signos y señales por todas partes, siempre intentando entender los misterios del mundo como reflejos pálidos de los misterios de la existencia de Dios, decidí bajarme del taxi y comprar algo para tomar.

Llegué a casa de Felipe antes de las once de la noche. El portero, quien ya me conocía, me dejó entrar sin avisar por el citófono. Felipe tardó en abrir y me saludó con un abrazo tieso, poco común en él. Le entregué la botella y fui a sentarme en la sala, sobre una silla reclinomática de cuero que había pertenecido a su abuelo, donde me quedé hojeando la última edición de la revista para la que ambos trabajábamos. Felipe y yo nos conocíamos desde el colegio pero fue en ese trabajo donde realmente nos hicimos amigos, esa publicación mensual para la que escribía la sección gastronómica, una labor descansada que me dejaba hacer otras cosas, además de permitirme comer bien.

Mi amigo entró en la sala seguido por la voz de Billie Holiday, con tres vasos llenos de ginebra con zumo de limón y hielo. El tercer vaso era para su novia Silvia, quien llegó descalza segundos después, orgullosa de sus lindos pies japoneses. Silvia no era una mujer bonita pero tenía un cierto encanto, se movía con gracia y su conversación no era del todo aburrida. También tenía unos lindos ojos negros que siempre capturaban la mirada de quien la estaba viendo, haciéndolo sentir el único individuo en un recinto repleto de gente. La saludé con un beso en la mejilla y ella me dio uno de sus anormales abrazos, los cuales siempre venían unidos a sonidos extraños y palabras y frases de cajón, expresiones como: "¡Hola, hola!, ¡qué rico verte!", y todo eso que tanto me incomodaba. Habría visto a Silvia, por mucho, cinco veces en la vida, y sus despliegues de afecto eran todo, menos creíbles. Ellos se sentaron en un sofá frente a mí y Felipe intentó coger la mano de Silvia, mano que fue retirada con presteza. Comenzaba a entender el saludo de Felipe en la puerta de su casa. Y brindamos en silencio.

EL SUEÑO INTRANQUILO DE LOS CACHORROS

Sentía una tranquilidad en el asiento trasero del carro de Felipe, era bueno arrellanarse en la silla y jugar con los ceniceros de metal repletos de colillas y ceniza, mientras escuchaba el soliloquio de Silvia contra la masculinidad, mezclado con el sonido del viento helado que entraba por mi ventana. Esa tranquilidad no sólo partía de la pequeña y fugaz paz de conciencia que unas ginebras nos traen, sino del recuerdo del almuerzo que mamá me había dejado esa tarde en casa: una impecable ensalada de salmón con cebollinos y queso crema. Al lado de la comida me había dejado una nota de afecto y un equipo de jardinería. Si yo había llegado a desarrollar alguna clase de amor por las plantas era indudablemente debido a mamá, a quien siempre quisiera recordar en cuclillas, con su piyama blanca y azul, más parecida a un kimono, su pelo de franciscana sin tonsura y su eterna sonrisa que siempre me hacía sentir que todo podía mejorar. Quisiera recordarla siempre rodeada de mesas llenas de bonsáis y plantas de todo tipo a las que cuidaría y querría como a sus propios hijos.

En el carro sonaba una canción lenta y agradable que Felipe había grabado en uno de sus apesadumbrados compendios musicales, registros sonoros, no sólo de sus estados de ánimo, sino de una creciente madurez musical. La canción se detuvo cuando nos bajamos del carro, cerca de un potrero desde donde se veía una casa que brillaba con luces azules y blancas, y de donde salía una música fuerte. Felipe me miró a los ojos y sonrió con amargura mientras se limpiaba las gafas con uno de los faldones de la camisa. Silvia se había quedado atrás abrazando a alguien que acababa de bajarse de un carro rojo. Sólo escuché sus "¡Hola, hola!", e hice que Felipe apurara el paso.

Serían cerca de las cuatro de la mañana cuando entramos en la casa. De los parlantes salía alguna de "esas músicas, basura y ruido", como decía Juan, mi hermano mayor, música que hacía que el panorama fuera más bien desolador: parejas bailando frenéticamente en una suerte de ritual de apareamiento, gente bebiendo cerveza o algún coctel de nombre pretendidamente ingenioso, hombres y mujeres de todas las edades fumando, oliendo coca con la ilusión de estar haciéndolo a escondidas, y en general, una atmósfera de tristeza y decadencia ante mis cansados ojos, que era justamente lo que más me atraía de esos artificialmente brumosos lugares en ese tiempo.

Fui a la barra a encontrarme con Felipe y a pedir un *whisky*, pero él ya venía hacia mí con dos, me entregó uno y luego dijo que había visto a Martín, quien en un rato vendría a reunirse con nosotros. Martín y yo nos conocíamos desde los seis años, época desde la cual estuvo interesado en las vidas de viajeros y exploradores, intérpretes de lo más redimible del género humano. Cada tanto llegaba con una nueva historia sobre alguno de ellos, y así fue como conocí las hermosas vidas del capitán Robert Falcon Scott y su grupo de trágicos valientes muertos en el frío, de sir Thomas E. Lawrence, quien recorriera junto a las tribus árabes del desierto zonas aún inexploradas por el hombre, conocido por la historia con el nombre de Lawrence de Arabia, del doctor David Livingstone y su corazón enterrado a los pies de un árbol, de Richard Byrd, el primer hombre en resistir de modo solitario todo un invierno antártico en una choza incrustada en el suelo, y recordando esto comencé a sentir que estaba demasiado melancólico, por lo que bajé el *whisky* de un trago y me quedé mirando a las muchachas que había en el horizonte, cosa que en medio de mi invisibilidad hizo que me estremeciera de miedo.

—Voy a buscar a Silvia —dijo Felipe, quien por ese entonces parecía no tener otra actividad que la de buscar a su novia cuando cierto momento de la noche lo alcanzaba. Pensé que era una lástima que un tipo tan bueno como él se viera tan desabotonado. Con Martín decíamos que era necesario tener bien abotonadas nuestras camisas, recordando de esta manera la escena de una película que nos había gustado mucho en otra época, en la que se contaba la historia de un tanque ruso al que los afganos llamaban "la Bestia", instrumento de aniquilación que los infieles habían llevado para probar la templanza y la ciega determinación de los seguidores de Alá y su único profeta. Dentro del tanque había un oficial brutal quien, convencido por una causa, disfrutaba con su tarea de exterminio. Al final de la película, "la

Bestia" se quedaba sin combustible y sin municiones, y el oficial era abandonado por sus débiles y humanitarios subalternos. La escena final mostraba a un grupo de mujeres enardecidas, armadas con piedras y palos, sedientas de venganza y dispuestas a destripar con los dientes a "la Bestia" que les había quitado todo. Nuestro oficial, sabiendo que iba a morir, abotonó todos los botones de su camisa guerrera, arregló y dio brillo a sus condecoraciones para luego salir del tanque a recibir la muerte. De allí venía nuestra expresión de intentar siempre tener bien abotonada la camisa.

Regresé a la barra, desde donde vi a Felipe perseguir a Silvia con su camisa hecha jirones, como un trapo, imagen que me obligó a pedir otro *whisky*. Subí al segundo piso del bar y me apoyé en una baranda desde donde se podía ver la pista de baile y al fondo una pantalla gigante donde proyectaban películas pornográficas de animación japonesa. Apoyado en mi baranda y jugando con los hielos, tenía una buena perspectiva de todo el bar. Podía ver en una esquina a Felipe diciéndole algo a Silvia, quien, como si él no le estuviera hablando, sonreía y entregaba su mirada al mundo. Podía ver también al resto de personas que bailaban, entre ellas un par de lindas muchachas.

Me quedé viendo la película por un rato, en un momento en el que una colegiala comenzaba a tener sexo con un muchacho que tenía un extraño brillo en los ojos, esos ojos inmensos y acuosos que los japoneses ponen en sus personajes del cine animado. El joven le daba la vuelta a la muchacha y la embestía al tiempo que se estremecía, primero con espasmos cortos y luego brutalmente, hasta que empezaba a transformarse, y nuevos miembros y órganos comenzaban a salir de su cuerpo, el cual terminaba mutando en un gigantesco monstruo verde, lleno de cuernos y venas a punto de estallar, que continuaba fornicando con la muchacha, quien no parecía darse cuenta de nada, y sólo se abandonaba a un éxtasis inimaginado en brazos de este mutante colosal.

Luego llegó Felipe, sin haberlo advertido, cogido de la mano de Silvia. Ambos parecían volver a estar felices y una atmósfera de sosiego los acunaba. Se miraban a los ojos como si apenas se estuvieran conociendo y se decían cositas dulces al oído en un tono meloso que no dejaba de darme asco.

—Has estado muy solo toda la noche. ¿Estás bien? Mira que me acabo de encontrar con Lili y me dijo que quería verte —dijo Silvia con un desagradable tono.

—Me gustas cuando callas porque estás como ausente —le respondí a Silvia con la entonación todavía inundada de mi molesto espíritu. Felipe se rio y recibió un codazo de Silvia, quien se quejó porque él siempre se reía cuando ella no entendía algo. Le dio un beso y luego me preguntó qué había estado haciendo. Quise narrarle todos mis etílicos, pesados pensamientos, pero recordé que no había nada peor que un borracho introspectivo y que Felipe no necesitaba más idioteces del mundo y menos de mi parte, por lo que le respondí un lacónico "nada", para luego intentar enmendarlo diciendo que iría a ver a Liliana, aun cuando sabía que ya nada podría sacarme de mi estado, al menos en lo que restaba de la noche.

Liliana, con quien salí por un tiempo, era cinco años mayor que yo, de pelo corto, negro, nariz prominente, con un cuerpo voluptuoso y bien formado para su baja estatura. Me gustaba escucharla con su acento de las regiones montañosas que se me antojaba sugestivo. Fue ella quien de alguna manera me mostró las delicadezas de ese mundo en el que me adentraba: la ilusión de llevar una vida que en apariencia era estética, pero que sólo mucho tiempo después me daría cuenta de que estaba tan alejada del arte, los excesos de todo tipo, tanto físicos como mentales y un hambre de sentirse rodeado por la belleza de los objetos y las personas, que en ese entonces me parecía como la mejor manera de acercarse a la verdad.

Nunca había estado enamorado y me costaba creer en el esquivo motor que regía la vida de tantas personas. Sin embargo, en ese tiempo pensaba en lo extraño que era el corazón humano y cómo era capaz de llegar a extrañar algo que nunca había tenido, y sí, yo también, en algunos días cansados, extrañé el amor, cavilación que alguna vez, en una de esas tardes tristes, me llevara a pensar que sería bueno estar con Liliana en un plano más formal, sólo para descartarla segundos después: sabía que ella era una de esas mujeres complejas bendecidas por la belleza, y más de una vez vi salir de su casa, cuando iba a visitarla, a algún enamorado que había renunciado a la idea de haber encontrado en Liliana a la mujer de su vida, luego de que ella le hiciera saber que era tan sólo uno más en una lista de hombres y mujeres guardada en un cuadernito con tapas de flores.

En ese momento de mi vida creía no estar interesado en salir con alguien, y la feminidad se me antojaba en algunos momentos como algo diabólico, coletazo final de mi curiosa educación católico-medieval, en la que las mujeres eran, ya bien ángeles que nos ayudaban a atravesar la miseria (y este valle de lágrimas que llamamos mundo, como mamá) o rameras que nos lanzaban a un nuevo círculo del infierno aún no imaginado por el Dante. Liliana era lo más cercano a lo que en mi cabeza siempre había significado un corazón solitario que buscaba acallar su soledad mediante el sexo, un alma inquieta, agitada, irresoluta, que parecía haber pasado a su temprana edad por todos los narcóticos y estimulantes usuales, que apaciguaban y agitaban sus nervios.

Encontré a Lili saliendo de los baños para mujeres. Me saludó con un beso, le limpié la nariz que aún tenía rastros en la punta y le pregunté qué había estado haciendo en los días pasados. Me contó apartes de los encuentros que había tenido con algunos tipos, según ella, idiotas que no encerraban misterio en su interior, "como los amigos de Silvia que se bajaron del carro rojo", pensé. Mientras hablaba, insertaba en su monólogo preguntas como: "¿Me estás poniendo cuidado?" o "¿Te estoy aburriendo?", cuestiones que un espíritu drogado suele hacer, al tiempo que me arreglaba maternalmente la camisa. Yo la dejaba hablar e incluso a veces me reía, pero ya mi cabeza estaba en otro lugar: con mi bonsái de olivo, con el que hacía más de una semana no hablaba, imperdonable abandono. Pensé que esa noche debía haberme quedado con él, después de todo mamá me había llevado un equipo de jardinería y yo había leído en mi Almanaque Bristol que esa noche era la última con luna menguante, el mejor momento para podar los árboles y que así crezcan tupidos, como también me había enseñado mi madre.

Estaba a punto de amanecer y Felipe y Silvia venían con sus chaquetas puestas, preparados para irse. Felipe me dijo que teníamos que salir porque a Silvia no le gustaban los amaneceres y odiaba el canto de los pájaros en la mañana. A mí me gustaban los amaneceres: había empezado a quererlos desde que había comenzado esa rutina del ocio en mi vida. Me gustaba ver a la gente que se apuraba para llegar al trabajo o a su sitio de estudio, mientras yo me encontraba todavía un poco borracho y la mayoría de veces melancólico, y entonces me fumaba un último cigarrillo sin prisa.

Martín se había marchado hacía unas horas, lo que era una lástima porque en verdad me habría gustado hablar con él. Felipe tenía que irse con Silvia, y tampoco parecía que me podría ir solo, ya que Liliana me preguntó si podía dormir en mi casa, a lo que habría podido negarme, cosa que no hice, sabiendo que ella probablemente no tendría dónde pasar la noche.

Felipe nos dejó en casa, se despidió con un abrazo y dijo que me llamaría. Silvia me dio un beso en la mejilla y se despidió con una honesta sonrisa que supo desarmar mis ejércitos preparados para la batalla, dejándome con la certeza de que ella parecía profesarme un afecto que yo no acababa de comprender. Entramos a mi apartamento y Liliana fue de inmediato al baño. Escuché el contestador automático en el que había dos mensajes: uno de mi jefe en el que decía que debía ir a ver un nuevo restaurante alemán, y otro de mi hermano: "Chiquito, llamaba a saludarte y a ver si estabas bien. El martes leo a las seis de la tarde en el Museo Nacional y me gustaría que fueras. Un beso muy grande, Juan". Decidí que, a pesar de mis distancias con cierta clase de poesía, iría a verlo.

Liliana salió del baño de nuevo despierta. Me decía en una voz alta, no tanto como para ser un grito, que la noche era aún joven y que debíamos seguir la fiesta, mientras daba saltitos arrodillada en el sofá, alargándose las medias rosadas de niña que tenía. En verdad parecía tan contenta como frente a su torta de cumpleaños, a punto de soplar las velas y pedir un deseo.

Me paré a servir dos vasos de *whisky* con hielo. La botella a medio acabar, dejada por Martín la última vez que estuvo en mi casa, tenía una marquita promocional pegada al cuello que decía *An Inspiration*. Luego de llenarlos me uní a Liliana, quien cortaba líneas sobre la mesa de roble de mi sala, al tiempo que decía algo que no escuché y a lo que respondí: "Sí". Ella me conocía bien, por lo que se rio y me dijo que no asintiera siempre. Le pregunté qué me había dicho y ella respondió que no importaba. Hice sonar el disco que estaba dentro del equipo y nos quedamos un rato manteniendo un incómodo silencio. Luego me preguntó por qué estaba amargado. Intenté esquivar la pregunta, pero ella quería realmente llegar al fondo del pozo.

—Estoy, creo, esperando el milagro —dije utilizando la canción que justo entonces sonaba, y mientras la seguía quedamente, me di cuenta de que en ese momento de mi vida ansiaba que algún milagro me tocara, que alguna fuerza exterior me estremeciera y me sacara del tedio que algunas veces había amado, algo que me hiciera sentir vivo y con esperanzas, que me pasara cualquier cosa, algo que me sacara del pesado letargo en el que los días se sucedían unos a otros sin razón aparente, donde lo único que parecía importar era limpiar los platos o lavar la ropa, o pensar qué voy a comer en la siguiente comida, o qué voy a inventar sobre algún restaurante, o divagar alrededor de mis supuestos diálogos con los muertos. Liliana me besó en la frente y dijo que lo único que yo necesitaba era regularidad en el sexo. Ella pensaba que todo se solucionaba mediante éste y era probable que tuviera razón, por lo que la seguí cuando se levantó y me tomó de la mano para llevarme a la habitación.

Nos acostamos, Liliana descansando su cabeza sobre mi pecho. Imagino que mi secreto deseo era que ella empezara algo, pero no ocurrió nada. Nunca fui muy bueno en esa clase de situaciones y siempre preferí pasar por imbécil y no por violador. Bien sabía que las cosas tenían un lugar natural intermedio, pero preferí dejarlo como estaba. Era placentero sentir cómo la cabeza de Liliana se hacía cada vez más pesada sobre mí, al tiempo que se quedaba dormida y comenzaba a hacer esos lindos sonidos que hacen las mujeres cuando se acomodan junto a otro cuerpo. Levanté su cabeza y la puse sobre la almohada.

Bostezó con los ojos entreabiertos, me lanzó un besito al tiempo que me deseaba las buenas noches y enseguida se volteó.

Me paré de la cama, me puse una camiseta y el pantalón de una piyama a cuadros y cubrí su cuerpo con una cobija, por lo que volvió a entreabrir los ojos, y al verme yendo me miró con cierta tristeza, o al menos eso pensé para mis adentros, y quizás lo único que hizo fue entreverme desde su ensueño, aunque pensé que su mirada estaba teñida por un dejo de arrepentimiento e incluso de rabia por sus plegarias desatendidas. Le sonreí y ella volvió a cerrar los ojos.

Fui a la cocina y llené una regadera con agua. Luego entré en el estudio y puse un casete que mi hermano me había regalado, donde estaba grabada una y otra vez por ambos lados 'En las estepas del Asia central'. Me senté en el escritorio frente al bonsái. Le quité algunas hojas secas que tenía y le di de beber, mientras me disculpaba por haberlo dejado solo. Luego cogí un libro de la biblioteca y comencé a leerle la historia de Yggdrasil, el fresno mundial de la mitología nórdica. Cuando terminé de leer, el arbolito parecía complacido y contento. Ya había saldado mis cuentas con él y me sentía mucho mejor. Apagué el equipo y fui a la habitación, donde Liliana seguía durmiendo, entonces con su bello cuerpo desnudo sin la protección de la cobija. Roncaba y se estremecía en sueños. Me acosté a su lado sin incomodarla, y me quedé viendo por un rato cómo pateaba y gruñía. Parecía un perrito que cuando duerme recuerda los acontecimientos de su día, y persigue a otros perros y les ladra, o salta tras las mariposas y los grillos, o se prepara a recibir a su amo, batiendo la cola. La cubrí de nuevo, al tiempo que yo también me tapaba. Luego cerré los ojos para intentar conciliar un poco de sueño, mientras dejaba a Liliana a mi lado, durmiendo con el sueño intranquilo de los cachorros.

GORDA MUCHACHA DE SONRISA AMABLE

Cuando desperté a eso de las dos, después de dormir sin sueños, o sin un recuerdo de ellos, Liliana se había ido, cosa que me produjo una indudable sensación de alivio, pues no me sentía en condiciones de hablar con nadie.

Prendí el televisor en el que estaban dando un programa informativo sobre los adelantos en el proceso de paz en Colombia. Nada. Mi país desangrándose y yo pensando en el inconveniente de estar solo y de haber nacido. Llevaba un buen tiempo pensando que la melancolía era el mejor estado posible para existir y los vapores del alcohol que flotaban dentro de mi cabeza lo corroboraban. Pensé en papá y en la vida que podría haber tenido si se hubiera quedado de joven en el Japón con su primer amor. Recordé su fe, su creencia absoluta en un Dios todopoderoso que aliviaba las cargas. Trabajo y fe, los dos pilares sobre los que cimentó su vida y sobre los que yo me derrumbaba. Alguna vez me dijo citando a Troilo que había que fundir la esperanza con el trabajo. "Proyectar el corazón hacia el plano siempre inquieto del quehacer", me decía en las pocas aunque certeras veces en que me hablaba, con su lenta cadencia y su voz ronca. Busqué en la biblioteca los diarios de mi padre de cuando vivía en Japón. "El cielo es alto y amplio sobre el mar de Yokohama; desde allí se pueden ver los barcos", decía en una página que abrí al azar, aun cuando entonces afirmaba que el azar no existía. Papá: te extrañé y te sentí más cercano que nunca, a pesar de que hubiéramos hablado tan poco cuando estabas vivo. Sonó el citófono.

—Don Martín está en la puerta. ¿Lo dejo pasar? —dijo Juber, el portero, con su aguda voz.

Martín tardó unos segundos en subir. Abrí la puerta y mientras nos saludábamos dijo: "Hoover es la única persona en el mundo que sabe cómo tratarme. Es el único que me da mi categoría de don". Me reí y le agradecí en silencio estar allí. Preparé un café mientras él intentaba encontrar alguna emisora.

Martín estaba perdiendo pelo e intentaba ocultarlo, a manera de táctica, peinándolo hacia delante. Creo que, como todos, trataba de dilatar al máximo la partida de aquello que se nos va. Eran los primeros estertores de la precoz vejez que nos saludaba, entonces no sólo desde el interior. Sus movimientos eran afectados y torpes. Derramó el café que había puesto sobre la mesa y no se preocupó por disculparse. Para ocultar su torpeza siempre decía que esa clase de incidentes le traían historia a los objetos y a los lugares. Yo había dejado de molestarme y sólo negué con la cabeza y fui a buscar un trapo. Martín prendió un cigarrillo y comenzó a fumar teatralmente: hacía tiempo que había atravesado la barrera en que esa clase de gestos se hacían en broma. Hablábamos sobre la noche anterior y sobre nuestra imposibilidad de estar en el mundo, como la mayoría de gente hablaría sobre el estado del tiempo. Luego Martín se levantó y dijo que fuéramos a dar una vuelta. Me vestí y salimos.

Martín conducía su *jeep* destartalado, su brioso corcel, silbaba contento, imagen que me permitió sentir mucho mejor. Nos detuvimos en casa de Felipe, quien nos esperaba tomando el sol en una banquita que estaba fuera de su edificio. A su lado tenía una canasta cubierta con un mantel. Subió al carro y nos dio un abrazo por la espalda a los dos. Me alcanzó un casete y Martín le dio un golpe seco a la casetera para hacerla funcionar. Sonaba una *bossa nova* y el viento entraba por las ventanas. Felipe parecía cansado, y yo intuía que su cansancio no era sólo físico. Martín le preguntó por Silvia y Felipe respondió con un seco "bien", mientras yo veía pasar las líneas blancas del pavimento y las verdes montañas que parecían un gigante dormido.

Quería pensar en presente y no entender tanto y tan poco. Quería permanecer en esa barquita del parque de Sopó a la que habíamos llegado, y disfrutar de la suave llovizna que no había ocultado el sol, de la resaca ensoñadora y melancólica, de la compañía de mis amigos que a veces pensaba haber imaginado, conociendo los dulces juegos macabros de la imaginación, mientras miraba con ojos tiernos a la gorda muchacha de sonrisa amable que pasaba en una barca frente a nosotros. Soñé con hacerla mi esposa por un tiempo, por unos días largos y calurosos, para así contener el afán inútil, hallar la paz que tanto anhelaba mi espíritu, continuar el camino sin gritar, detenerme en ese momento donde un Felipe, un Martín y un Aníbal cruzaban de un lado a otro una laguna, mientras comían sánduches con mantequilla de maní y escuchaban aquello que no se decía, y se permitían el amor de una muchacha gorda a la que nunca le hablarían.

Buena parte de la vida real es ilusión y entonces ya sabía que ese momento se quedaría grabado en mi memoria. En unas horas habríamos olvidado la incomodidad de la barca, la llovizna aguijoneadora, la sequedad de los sánduches, la tibieza de la cerveza, la horrenda multitud dominical que esperaba en la orilla a que parara de llover para lanzarse en torpes intentos náuticos, mientras desde sus refugios improvisados nadaban en medio de los fétidos olores de las frituras. Sólo permanecería la imagen de una agradable tarde de agosto y todo haría parte de un olvido, o más bien de ese lugar que es el pasado donde en ocasiones nos sentimos como en casa, realidad que explicaría en parte el amor póstumo por cosas y situaciones que en verdad no nos gustaron ni un poco en su momento.

Busqué a la muchacha de la sonrisa pero ya no estaba. Nos bajamos de la barca y fuimos a comprar un helado de vainilla a un carrito atendido por un hombre delgado con delantal amarillo. Había parado de llover y caía la tarde bajo el sol de los venados.

SEÑAL DE PLEGARSE A LAS TRINCHERAS

Tuve una alegría en el corazón: había un sol espléndido en Bogotá, señal de que podría hacer el mejor uso del clima de mi carro. Estaba tras el volante, el motor prendido, mientras jugueteaba con precisión con los botones de frío y caliente del aire acondicionado. Nunca conducía tranquilo cuando no había tenido tiempo suficiente para calibrar la temperatura adecuada con el clima. Podía demorarme largos minutos en ese ejercicio que se me antojaba placentero, aunque la gente que subía a mi carro (la mayoría de veces llena de prisa) no entendiera nada de ese pequeño capricho. Cuando hacía un sol como el de aquel día, me gustaba crear un clima templado, clima de valle entre montañas muy altas, y era un verdadero placer mover las rejillas que permitían la salida del aire renovador hacia mi cara y que una brisa fresca me bañara amorosamente. Mis amigos habían aprendido a entenderme y sonreían con indulgencia. Estaba convencido de enamorarme de la primera mujer que agradeciera el clima de mi vehículo, al igual que sabía que otros hombres se enamorarían de una bonita cara o un cuerpo atractivo.

Teresa, la mujer que había trabajado fiel y silenciosamente para mi madre por más de veinte años, abrió la puerta. Me ofreció un jugo de lulo que acababa de hacer y dijo que mamá estaba en el techo arreglando la antena de la televisión. En casa, mamá siempre cumplió con las tareas que en teoría atañerían a papá. La recuerdo arreglando electrodomésticos, enchufes y teléfonos, con un conocimiento cuya procedencia francamente desconocía.

Terminé el jugo cuando mamá llegaba. Me saludó con un beso a la vez que me preguntaba cómo iban las cosas. Le respondí que todo iba bien e hice una broma tonta y familiar acerca de su naturaleza de electricista. Sonrió con sus finos labios, me cogió de la mano y fuimos a sentarnos un momento en el sofá de la sala. Yo acariciaba su mano ajada por los años y la miraba a la cara que aún tenía una piel envidiable. Mamá envejecía pero seguía siendo una mujer hermosa. Me hablaba sobre sus árboles, los arreglos de la casa, sobre Juan y sus amigos poetas que lo emborrachaban como a una cuba.

Teresa nos llamó a almorzar. Me senté en mi vieja silla, siempre a la diestra de mamá, frente a papá. Teresa trajo sus lentejas con chorizo picante, cuyo secreto estaba en el chorrito de vinagre vertido al final de la cocción, y eran tan buenas que nunca me pregunté con extrañeza por el pasaje bíblico en el que Esaú vendía su primogenitura por un plato de lentejas. Luego tomamos café y seguimos hablando con pausas y sin prisa. Era en verdad bueno estar en casa.

Subimos a mi cuarto y todo estaba impecable, sin duda más ordenado que como yo lo había dejado. Mamá había arreglado mi vieja biblioteca, mi dragoncito morado estaba sobre la cama y él también parecía contento de verme, el escritorio con la lámpara verde y la estatua de metal de un monje guerrero medieval. Nos acostamos en la cama y yo apoyé mi cabeza sobre su hombro mientras comenzábamos a tocar temas varios, los cuales, tras no sé qué suerte de digresión del discurso, desembocaron en una conversación sobre el pasado de mamá: me contaba entre llanto y risas de cuando era una niña de dos años en Barranquilla, y su madre, mi abuela, la había dejado en casa al cuidado de las bolsas de la compra, mientras ella iba con su hermana a continuar con los gastos diarios. Tras algunas horas regresó al encuentro de su hijita, quien se encontraba en el mismo sitio en que la habían confiado, en la misma posición, completamente impávida y seria, con un charco de orín debajo de su falda de encaje, luchando contra el posible intruso que quisiera entrar en la habitación que habían dejado a su cargo. Yo también me reía con ganas, imaginando a mi viejita de niña con su vestido de encaje y con un moño gigantesco en la cabeza, moño que odiaba porque la hacía verse como un regalo, aferrándose a las bolsas como un moribundo a la vida y con sus piernas mojadas y un charquito entre los zapatos, a la vez que me preguntaba por qué yo no habría podido heredar algo de su responsabilidad, de su serenidad y de su manera de estar en el mundo. Oscar Wilde alguna vez me dijo: "Todas las mujeres terminan siendo como sus madres y esa es su tragedia. Ningún hombre termina siéndolo, y esa es la suya". Estando esa tarde con mamá vi con suma claridad la verdad de ese aserto.

Era el día en que mi hermano leía poemas en el Museo Nacional, por lo que mamá me dijo que se iba a arreglar para que fuéramos a oírlo. Mamá se ha maquillado en muy pocas ocasiones en la vida, y arreglarse consistía para ella en peinarse y echar un poco de perfume a ambos lados del cuello y en las muñecas, quizás ponerse algún abrigo que la hiciera verse aún más como una mamá gnomo.

La acompañé a su habitación, la de mis padres, y la vi cumplir sus rituales con calma. Miré un rato por la ventana que daba al parque de mi infancia y advertí que habían talado los viejos árboles en los que solía haber un par de columpios en los que yo jugaba de vez en cuando. Un par de viejos gordos, rojos y asfixiados daban vueltas al parque, vestidos con sudaderas brillantes y bandas de tela de toalla en muñecas y frente, seguidos por un enfermizo perro salchicha. Me senté en la amplia cama de madera de mis padres y pensé en papá: uno de los primeros recuerdos que guardo de él, es aquel en el que ambos estábamos escondidos debajo de esa gran cama en la que entonces estaba sentado, cuando alguna visita indeseada llegaba a casa. Cada tanto venía un conocido, incluso un amigo de papá, con quien por razones particulares, o sin tenerlas, él no quería hablar. Mamá lo saludaba diciendo su nombre en voz alta y, dependiendo del humor de papá, éste bajaba rápidamente o saltaba a esconderse debajo de la cama. Yo debía ser un niño de unos seis o siete años que acababa de aprender a leer y me entregaba a la lectura de mis primeros libros, seguramente alguno que tuviera que ver con piratas malayos o viajes al espacio, y solía hacerlo hundido en ese mundo de cobijas de plumas y almohadas que era la cama de mis padres. Papá estaría a mi lado, leyendo el periódico o algún libro, cuando sonara el timbre, mi madre abriría y saludaría casi a gritos a la persona que estaba en la puerta y papá me daría un codazo, señal de plegarse a las trincheras. Podíamos quedarnos horas allí escondidos, dependiendo de la tozudez del visitante, con las luces apagadas, cogidos de la mano y divertidos con todo el asunto. Cada tanto, papá dejaría escapar una risilla victoriosa, la cual muchas veces lo llevaría hasta las lágrimas, a ese mismo llanto que hacía un rato habíamos experimentado mamá y yo con la historia de las bolsas. Tras un lapso temporal, el visitante inoportuno dejaría la casa y mamá subiría, nos diría "¡Bobos!", y se reiría con nosotros. A lo largo de los años, éste se convertiría en nuestro pequeño ritual y, tiempo después, tras la muerte de papá, más de una vez yo lo haría solo en mi casa.

Mamá acabó de arreglarse, le di un beso y nos fuimos a mi carro, después de haberme despedido de papá. La temperatura de la tarde había bajado considerablemente, por lo que produje un clima de verano porteño, caluroso, con un toque de brisas marinas dentro del auto.

Cuando entramos al auditorio la lectura ya había comenzado y un flemático poeta hablaba aflautado sobre vacas siberianas. Encontramos sillas en la primera fila, al lado de un par de afectados que amagaban un aplauso cada vez que un verso les gustaba. Mamá sacó sus gafas y me cogió de la mano. Desde que era un

niño teníamos una clave secreta cuando caminábamos
tomados de la mano: consistía en dos apretujones si
veíamos a una persona graciosa frente a nosotros o
uno si era alguien que diera miedo. Sentí los dos apretujones telegráficos de mamá cuando vio a nuestros
vecinos. El flemático poeta continuó por unos diez
o setenta minutos más. Lo aplaudimos y entonces
salió al escenario el bello oso que tengo por hermano.
Cuando nos vio, sonrió y nos saludó poniéndose la
mano derecha en el corazón y levantando la izquierda
en una suerte de saludo de gladiador romano. *Ave
Caesar, morituri te salutant!* Se sentó y empezó a leer con
su voz fuerte y segura. Era bueno oírlo hablar sobre el
mundo tal cual él lo veía: recuerdos de su infancia en
la costa bajo el árbol de los mangos donde soñó todo
lo presente y lo por venir, homenajes a sus queridos
amigos de la literatura, un poema dedicado a mamá,
todo escrito sin fórmulas ni trucos, sino dejando su
corazón ahí, sobre la mesa, palpitante, para que hi-
ciéramos con éste lo que quisiéramos. Tras la lectura,
salí rápidamente del auditorio, después de decirle a
mamá que iría a buscar el carro.

Llegamos al restaurante alemán sobre el que tenía
que escribir mi artículo. Nos vino a recibir a la puerta
del carro un gordito de facciones indígenas vestido
de tirolés con un paraguas. En el restaurante sonaba
Schubert y después de ver la carta que estaba en una
urna de cristal en la entrada, supe que mi hermano
iba a estar feliz con la comida. Quizás mamá no tanto.
Las paredes del sitio estaban pintadas en tonos pastel
y había fotografías de la Alemania dorada de los años

veinte. Nos sentamos en una mesa al fondo del lugar, que descansaba entre un bosquecito de buganviles. Nos trajeron las cartas y mi hermano pidió una cerveza de trigo y un codillo de cerdo, a regañadientes de mamá, quien siempre advertía sobre la toxicidad del pobre animal. Mamá pidió unas espinacas gratinadas, con ajo y vino, además de un jugo de mandarina. Yo pedí una carne con cebollas a la plancha, papas cocinadas con tocineta y una botella de agua. Nos trajeron las bebidas y cuando tomé el primer trago, me estremecí al ver una grotesca exposición de cuadros fálicos en las paredes del reservado en el que estábamos: gigantescos miembros masculinos pintados al óleo se erguían orgullosos, rodeándonos. No dije nada y sólo imploré por que mamá no los viera.

Cuando llegó la comida, mi hermano se puso la servilleta como un babero, brindamos por el éxito de Juan y por la memoria de papá y no nos miramos a los ojos, cosa que agradecí en silencio. La comida nos la trajo también el indiecito tirolés, quien además tenía una pintoresca pronunciación del alemán, y quien a su vez, quise pensar, procuraba siempre mirar al piso cuando nos traía los platos para evitar la visión de tan horrendo desperdicio de pintura y lienzos.

Durante la comida hablamos poco, no sé bien si a causa de los cuadros o porque todos nos sentíamos algo distantes. Yo intentaba reconocer los sabores para hablar de ellos más adelante en mi columna de la revista, evitaba mirar las paredes, al tiempo que veía a las meseras, quienes bien podrían ser hermanas del gordito, y a un hombre de barba entrecana que estaba detrás de la barra y quien imaginé que era el dueño. No había nadie aparte de nosotros en el restaurante.

La comida estuvo bastante bien y al final supe que todos habíamos quedado satisfechos. Escribiría un buen artículo sobre el lugar a pesar de las pinturas. Nos recogieron los platos y el viejo de la barra, quien en efecto era el dueño, se acercó a nuestra mesa y nos preguntó si todo había sido de nuestro agrado. Mi hermano pidió un postre, mamá un vaso de agua y yo un café. El viejo se alejó a la cocina taconeando con sus sandalias blancas de enfermero alemán y luego volvió atrás de su barra donde imaginé que guardaba revistas pornográficas de muchachitos con rasgos indígenas.

Nos quedamos mirando al espacio en blanco por un rato, mientras sonaba otro bonito *lied*, y fue justo al terminar el café que me comencé a sentir solo, perturbadora y gratamente solo. Esa sensación de agradable abandono era similar a la que me venía de niño cuando, en la playa, jugaba a la pelota con otros niños, o un poco más tarde, en mis primeras fiestas, cuando veía divertirse a mis amigos e incluso yo me divertía y la ilusión de una mirada o un roce con alguna muchacha, por pequeño e irreal que fuera, me hacía acariciar el cielo por instantes, e incluso más tarde, en los bares, cuando meditaba sobre la posibilidad de hablarle a una mujer que me sonreía intermitentemente, hasta que se cansaba de ver que yo no hacía nada y prefería regalar sus miradas a cualquier otro.

Estaba empezando a oscurecer. Dejé a mamá y a Juan en casa. Mamá me dio la bendición, me dijo que me cuidara y mi hermano me dio un beso y me pidió que no lo abandonara tanto.

—Yo tuve un hermano, no nos vimos nunca pero no importaba —dijo con tono teatral. Luego los vi perderse por el parque de atrás de la casa, húmedo por la lluvia torrencial.

TEMPORADA DE DIFICULTAD

Un día, durante las primeras horas de la tarde, bajo el chorro de agua caliente, comencé a sentirme viejo. La vejez comienza cuando la vida se vuelve repetitiva, sin sorpresas, cuando todo lo que hacemos es algo que hemos hecho más veces de las que quisiéramos recordar.

Desperté a eso de las doce de la tarde sin realmente quererlo. Me levanté otra vez con dolor de cabeza y fui al baño. En el espejo, mi reflejo me miraba todavía con ojos violentos, turbios y cansados. Abrí la llave del agua caliente y la dejé correr por un rato. La gradué y probé con la mano hasta que logré una temperatura agradable. Me paré de espaldas al chorro y dejé que el agua hiciera lo suyo, esperando que me lavara las culpas. Recordé un versículo de la Biblia en el que Job dice: "Una sombra son nuestros días en la Tierra". En vez de mejorarme, como usualmente debería suceder, esos baños calientes sólo servían para agravar mi melancolía y mi dolor de mundo. Pero esa vez fue diferente: era un dolor para conmigo, íntimo. Partía de mi ineptitud, de mis eternas contradicciones. Esta vez no culpaba al mundo por ser tan desapacible. Comenzaba a recordar a retazos la noche anterior y lo único que me generaba era un deseo furibundo de romperme los nudillos contra las paredes del baño. Al menos así tendría algo de dolor real.

La noche anterior, luego de dejar a mi familia en casa, había estado con los amigos como en tantas, infinitas noches, emborrachándome antes de tiempo, poniéndome primero alegre y esperanzado, luego, al ver que nada pasaba, algo violento, incluso mentalmente lascivo, y finalmente triste y alicaído. Mis borracheras eran como mi vida, o como ese baño caliente en el cual intentaba relajarme, parado allí, abandonado al agua que corría por mi cuerpo, consciente en todo momento de que esa misma agua pronto se enfriaría.

La rutina de salir todas las noches, que curiosamente debería salvar esa otra rutina de los días, estaba empezando a trastornarme. La búsqueda del amor debería ser algo dignificante para el hombre, y a mí lo único que hacía era lanzarme a oscuras cavernas de la naturaleza humana. Me sentía aprisionado, maniatado en esas etílicas cavernas. Soñaba (ingenuo de mí) con la redención por medio de un amor cercano, que sentía como algo que se me debía, buscándolo impaciente en los lugares menos aconsejables, todo por la ignorancia de mis límites, lo cual me hacía ver como una gaviota panzona que luchaba contra el viento intentando alcanzar el cielo. Esa noche fui esa gaviota: hablé demasiado, la mayoría del tiempo sin ninguna gracia. Maltraté a mis amigos sin reparar en ello. Me acerqué a un par de muchachas, quienes no se merecían el discurso famélico de un borracho introspectivo que se sentía invisible. En resumidas cuentas bebí demasiado, y aunque sabía que mi manera desmedida de beber era una suerte de búsqueda involuntaria de la muerte, también sentía que era mi única forma de comunión con el mundo. En esa temporada de dificultad de mi vida se me antojaba que no debía apresurarme, con objeto de mantener una continuidad, pues pensaba que la bebida era una forma de existir en la cual quien participaba volvía siempre a probar fortuna con la vida. "Mi única esperanza es el siguiente trago", citaría Felipe a Malcom Lowry, ambos hombres de una tranquila insatisfacción, y lo volvería a decir en numerosas ocasiones, siempre con resignada convicción.

El agua se enfrió por completo y salí de la ducha entre vapores. Desempañé el espejo con la toalla con que me había secado y volví a mirarme. Me veía algo mejor, pero no intenté sonreír. Frente a mi reflejo recordé que, como ya en tantas noches, me había quedado en un bar hasta la hora de cerrar, soñando que terminaba saliendo con alguna mujer que me había hecho creer que yo no era tan invisible como me gustaba pensar. Al recordar esto sentí un escozor. Luego, mientras me vestía, recordé haberles rogado a mis amigos que fuéramos a comprar otra botella de *whisky*, o de ginebra, o de aguardiente y otra papeleta, cuando ya todo había cerrado y yo debería haber estado en casa, durmiendo, porque al otro día tenía que estar muy temprano en el trabajo. Me sentía colgando de un hilo. La cabeza me ardía. Intenté calmarme. Llamé al trabajo e inventé una excusa absurda sobre la inundación de mi apartamento. Dije que pasaría al día siguiente. Fui a preparar un café y justo cuando el agua estaba hirviendo, recordé que también la noche anterior le había prometido amor eterno a una mujer que acababa de conocer pero que había visto muchas veces en la universidad, y quien quizás por respeto a esa familiaridad que le inspiraba mi cara, había tenido la decencia de escuchar mis penosas declaraciones: mi alma se revolcaba echándose tierra.

"Soledad, mala consejera", sonaba a todo dar en el radio transistor de Juber, quien lavaba uno de los carros del edificio. Pensé de nuevo en la cábala, y cómo en ésta lo importante es la visión simbólica del mundo, en la que algo inefable se vuelve visible. Mi querida y aborrecida consejera, mi mentora, me había estado guiando por una buena parte del camino, por lo que no debía extrañarme que situaciones como las de la noche anterior se sucedieran en mi vida como balotas en una canasta de bingo. Yo estaba solo y entonces podía conmoverme con una canción de salsa que me hablaba de mi soledad, de los errores que cometemos en su nombre, como cruzados luchando en nombre de Dios o musulmanes en nombre del islam, y esa sensación me sirvió de bálsamo para ese caluroso día. Recuerdo que años atrás, al escuchar en casa los tangos preferidos de papá, canciones que hablaban de soledades insondables, de traiciones, de amores incompletos y engañados, que hablaban de la vida como esa "herida absurda", yo en silencio soñaba con ser alguno de esos hombres dolidos, o al menos saber qué se sentía en la piel cuando estos espectros cansinos tocaran a mi puerta. Alguna vez leí que la música nos revelaba un pasado personal que hasta ese instante ignorábamos y nos movía a lamentar desventuras que no nos ocurrieron y faltas que no cometimos. Y todo eso lo anhelaba cuando mis mayores preocupaciones eran ir al colegio, o no haber hecho las tareas cuando ya caía la tarde del domingo. En ese momento mis preocupaciones eran otras, aunque la magnitud de la sensación fuera la misma que la de la infancia, me sentía contento de poder entender por qué la soledad podía llegar a ser una pésima consejera, tal y como decía la canción que ya se acababa.

LOS UNIVERSOS PARALELOS

Llegué a la redacción de la revista cobijado por los inmejorables 23 °C de mi carro. Saludé a la recepcionista, una atractiva mulata de pelo recogido en una cola, quien no perdía ocasión de mostrar sus tetas. Me devolvió el saludo y se agachó a recoger un papel que nunca cayó al suelo. Se levantó, se alisó la falda y sonrió. Pregunté por Felipe y me dijo que estaba en consejo de redacción. Pulsé el botón del ascensor y mientras esperaba sentí un miedo, casi terror, al ver cómo se acercaba decidido un tipo que trabajaba en la revista, un hombre que debía estar convencido de que yo tenía un profundo interés por conocer su vida sexual.

—¿Qué tal, Aníbal? —me dijo, mostrándome su larga hilera de dientes.

—Bien —respondí sin poder recordar su nombre. El ascensor estaba detenido en el tercer piso, ese bonito número, el 3, cifra que entonces comenzaba a odiar. El tipo, a quien llamaré Despreciable, le picó el ojo a la recepcionista, quien se sonrojó y bajó la cabeza mientras esbozaba un ademán cómplice. Despreciable me miró y me picó el ojo también. Debía estar muy orgulloso del profesionalismo que había adquirido en el uso de ese gesto. Luego hizo un anillo con los dedos índice y pulgar de la mano derecha, a la vez que introducía rápida y repetidamente el dedo índice de la mano izquierda en dicho anillo. Entonces abrió los ojos y me señaló de espaldas a la recepcionista, sin dejarse ver por ella, al tiempo que me ofrecía su lasciva sonrisa. Yo intenté sonreír de vuelta, pero ya sentía mi dolor de mundo inundándome desde la punta de los pies y fluyendo por todo el cuerpo. Llegó el ascensor y ambos subimos. Sin darme tiempo para nada, comenzó a hablarme de la mulata y de cómo la había cabalgado por horas la noche anterior.

Llegamos al piso quinto, justo cuando Despreciable acababa la narración. Debo aceptar que aunque todo su ser era repulsivo, el imaginarlo aplaudiendo tras el sexo me pareció una imagen graciosa, incluso poseedora de cierta belleza. Nos despedimos, él diciéndome que teníamos que salir algún día y yo respondiéndole que sí.

Atravesé el largo corredor que dividía la sala de redacción en dos, saludando cordialmente a un lado y otro a compañeros y secretarias. Llegué al final del corredor y le entregué el disquete con mi artículo sobre el restaurante alemán a Mariana, la jefa de redacción. Luego contemplé con aprobación que había una nueva funcionaria de contabilidad. Quizás no era nueva en la revista, pero era nueva para mí. Era una mujer muy blanca, de pelo café claro y ojos oscuros, que se mordía el labio inferior. Tenía un saco de hilo blanco un poco raído en los codos y un pantalón de dril azul con prenses, demasiado grande para ese hermoso cuerpo. Soñé con la posibilidad de pasar una vida con ella, una vida en la que siempre estaría agradecida conmigo por haberla sacado de la diaria locura. Seguí mirándola y cuando mi mente se perdía en el momento en el que yo me encontraba en mi lecho de muerte, con ella a mi lado, enjugada en lágrimas y besándome las manos por haber sido tan magnífico esposo y amante, por haber sido capaz de hallar sabiduría en su simplicidad, sentí la fría mano de Felipe en mi cuello, tan fría y viscosa como un pescado.

Fuimos a fumar un cigarrillo a nuestro sitio habitual, unas escaleras que quedaban en la azotea del edificio, desde donde se podía ver el Parque Nacional, el cual a su vez me traía el recuerdo de otros tiempos. Felipe se dedicó a dar caladas a su cigarrillo y a mirar al infinito por entre sus gafas. Finalmente dijo:

—Se acabó todo con Silvia.

Lo miré extrañado a la vez que pensé decirle cualquier cosa, pero no dije nada. Felipe era de esas personas con las que lo no dicho actúa mejor que lo expresado. Sabía que era cierto, que su decisión o la decisión de ella era irrevocable.

—Así como vienen, se van. Vino fácil y así se debe ir —afirmó Felipe sin sonar del todo convincente.

Comprendí que ella lo había dejado.

Yo sabía que Silvia había salido con otros hombres mientras estaba con Felipe. Él lo sabía también, y si me había dicho que todo se había acabado, era porque en verdad lo creía.

—Todo tiene su final —dije intentado tararear una canción, pero viendo de inmediato que había fallado miserablemente en el intento de tranquilizar a mi amigo. Pensé decirle que no importaba, que había miles de mujeres en el mundo mejores que Silvia, que ella era sólo otra mujer confundida, y que debería sentirse feliz de que todo hubiera pasado entonces y no más tarde. Luego pensé decirle que toda la culpa era nuestra, que eso nos pasaba por conseguirnos mujeres como Silvia. Por breves instantes comprendí por qué yo me pasaba enamorado en silencio de mujeres como la muchacha de contabilidad o la gordita de la barca, aunque también supe que mi exceso de vanidad y mi cobardía me impedirían terminar con alguna de ellas. Tuve una pequeña digresión mental hacia el deseo de la existencia de los universos paralelos, pero me contuve: tenía que decirle algo a Felipe.

—Si de algo sirve, aquí estoy, compañero —dije, mirándolo a los ojos y pensando que siempre es mejor ofrecernos que intentar explicar el mundo.

—Yo sé —respondió Felipe dándome un abrazo. Luego nos paramos y regresamos a la sala de redacción donde me despedí de él, lo vi sentarse en su cubículo y quedarse mirando fijamente, con los ojos acuosos, la pantalla de su computador. Comencé a caminar por el largo pasillo y no me despedí de nadie, aunque volteé a mirar una vez más a la bella muchacha de contabilidad, que pensé que me había sonreído.

SÉ QUE LAS PENAS FLOTAN

Era domingo. Uno de aquellos que no podía desplegarse en todo su esplendor porque al día siguiente sería lunes festivo y aún quedaba la esperanza de una última noche por perder. Llevaba tres seguidas intentando encontrar algún barco en mi horizonte. En esas noches había vuelto a vivir la fotocopia de las noches de los pasados años, años que habían dejado en mí una rúbrica de desconsuelo, miedo e incomprensión. Envidiaba a las parejas que bailaban al ritmo de cualquier música, rabiaba con sus besos, sus manos entrelazadas. Y yo perdía y perdía, y caía. Envidiaba a los hombres que podían iniciar una conversación y salían triunfales de sus embestidas. Envidiaba y odiaba la belleza que colgaba del mundo como racimos. Odiaba mi incapacidad, mi espíritu de espectador eterno. Odiaba mi falta y exceso de entendimiento. Pedro Salinas decía que la soledad preparaba para el amor, pero en mi caso creía que preparaba para la cirrosis y la locura.

Trabajaba en la sección gastronómica de una revista, labor que claramente no me daría para vivir, al menos en Colombia. Trabajaba para confundirme y desorientar al mundo. Mi padre me dejó algún dinero que a las claras no resistió por mucho tiempo mi tren de vida, pero que en ese entonces veía como una fuente inagotable, un río de oro. Odiaba emborracharme y malgastar el tiempo en ese estado de transición entre el embrutecimiento etílico y las resacas posteriores. Pero me había enseñado a vivir así. Intentaba recordar, siempre que estaba triste, la frase de mi abuelo que mamá me repetía: "En calles más oscuras me ha cogido la noche". Deseaba hacerla mi credo, pero los demonios me inmovilizaban, mi diablo interior me ataba y me paralizaba con la visión de un *whisky*: ámbar, navegado por cubos de hielo, y me hacía creer que su nebulosa destilación dorada me salvaría de los dolores que sentía en mi interior. Odiaba emborracharme, pero odiaba más las resacas y por eso volvía a los orígenes, a la raíz del mal. Me serví un trago largo y me estabilicé.

Mi odio no era tan fuerte como para que resultara importante. Era un odio tibio, como tibio era mi amor. Mi dolor de mundo partía de allí, de no poder odiar o amar con la suficiente fuerza, con la suficiente violencia. Me cansaba pronto de toda esa clase de reflexiones y mi supuesto odio hacia el mundo se descoloraba y terminaba siendo una pálida sensación de nebulosa incomprensión.

Toda mi vida la había pasado en un estado de transición entre la compasión y la hostilidad, entre la comprensión y la ceguera, entre una tierna intimidad y una irritación violenta. Si existía algo que me gustaba de mi manera de beber era que nunca había bebido para olvidar. Sabía que las penas flotaban. Bebía para intentar despertar una suerte de conciencia metafísica que me permitiera comprender algo. Bebía para intentar amar y para acercarme a la vida, que de otra manera se me alejaba.

Dispuse todo para una nueva noche: me afeité lentamente, primero hacia abajo y luego para arriba, como los indios norteamericanos, tomé un baño caliente y me puse un traje que pensé me haría ver atractivo. Puse un disco de Chet Baker, me imagino, y le pregunté al olivo si había encontrado alguna respuesta a mis pesados interrogantes. Su tronco orgulloso me hacía saber que permanecería cuando yo me hubiera ido: su silencio haría sorda mi rabia, mi infantil ira nunca habría existido.

Tomé el ascensor y me vi en sus espejos. Salí del edificio y comencé a caminar. Había quedado de encontrarme con Martín en un bar del centro, por lo que extendí la mano para detener un taxi. Pasaron varios ocupados. Era un domingo espeso. Finalmente uno se detuvo y creí reconocer, ya sin sorprenderme, gracias al inducido espíritu cabalístico de mis días, al gordo de patillas blancas y cara de colador. No era él. Era otro hombre. Era gordo, sudoroso, malencarado, angustiado quizás, pero no era él. Me preguntó a dónde iba. También tenía a la Virgen del Carmen junto al timón, aunque ella no parecía querer decirme nada. El gordo tampoco hablaba, se limitaba a escuchar un partido de fútbol. Y agradecí su silencio.

Tomamos la séptima hacia el sur y la calle estaba casi desierta. Veía los edificios y, mecánicamente, hacía el recuento de las casas de amigos que había en el trayecto. Me pregunté qué estarían haciendo. Luego pensé cuántas parejas estarían intercambiando sus fluidos corporales en ese momento, no sólo en Bogotá sino en el mundo, cuántos jóvenes estarían haciendo por primera vez aquello que los perseguiría por el resto de sus vidas y los haría mejores o peores personas. Conjeturé acerca de quiénes estarían pensando en matarse o en hacer un viaje.

Pasamos por el Museo Nacional y recordé a Juan, mi hermano. Su recuerdo me dijo como en un susurro: "Aquí estamos, chiquito, con el tiempo besándonos la espalda". Subimos por la Plaza de Toros donde había una corrida. Vi el cartel de un matador haciendo una media verónica. Cruzamos el puente de la veintiséis para coger la tercera. Miré a la Virgen, quien entonces parecía triste de verme así: un niño caprichoso, bendecido por la vida, pero que sufría porque estaba solo. Le dije al gordo que me dejara en el siguiente semáforo. Pagué, le dejé una propina y el hombre me dijo con una honesta sonrisa: "Que mi Dios lo bendiga y lo lleve con bien". En medio de lo imprecisos que son los nerviosos pensamientos de un hombre con resaca, la sonrisa del gordo me ayudó a comenzar a entender por qué san Francisco de Asís había amado a los hombres y no a la humanidad, de la misma manera que no había amado al cristianismo sino a Cristo.

Entré a un café donde ponían tango, ese "sentimiento triste que se baila". Había un par de viejos borrachos que cantaban a destiempo 'Volver'. Detrás de la barra, una señora de edad media limpiaba unos vasos. En una mesa, al fondo, vi a Martín fumando un cigarrillo. Estaba enteramente vestido de *jean* y tenía unas botas cafés de obrero, lo que unido a su pose lo hacía ver como un operario de gasolinera un tanto afeminado de alguna película norteamericana de los cincuenta. Me saludó con un abrazo sin levantarse. Me senté frente a él, dándole la espalda a un afiche que tenía la siempre sonriente cara de Carlos Gardel. Martín estaba terminando su primera cerveza. Le pedí una a la señora de la barra y prendí un cigarrillo. Martín intentaba hacer anillos con el humo. No hablábamos pero estábamos a gusto el uno con el otro. Había comenzado a sonar un tango con música de Piazzolla que reconocí y que se llamaba 'Solo'.

Recordé a papá diciéndome que el tango debía conservar su primitiva condición de clima y sentido, que aquel que pretendiera estilizarlo, lo falsearía y disminuiría. A mí siempre me había gustado más Astor, creía que tenía una forma de acercarse a la música comparable a la de los grandes compositores de antaño. En ese momento, aunque luego cambiara en parte de opinión, el tango tradicional me sonaba a banda de pueblo. Para mí el tango era la melancolía de la infancia perdida, el sabor peligroso del amor, del desengaño.

Martín empezó a decirme, haciendo caso omiso a cierta decencia en la conversación, que él también se sentía viejo, que las noches anteriores sólo habían servido para confirmarle ese punto, que estaba cansado de andar tan quejumbroso y perdido por la vida, agotado de mirar a las mujeres como filetes colgando en una carnicería, filetes inalcanzables y altaneros. Yo sabía que lo más adecuado para mi estado anímico era evadir este tipo de conversaciones, largos monólogos introspectivos recitados en voz alta. Sin embargo, había algo placentero en todo eso: una sensación de derrota compartida, de hermanos en la pérdida, que nos acercaba aún más a Martín y a mí. Esas confidencias eran el mejor invento creado sin esfuerzo por nosotros, para esquivar la locura, para sentirnos menos solos.

Martín acabó su cerveza y pidió otra. Prendió otro cigarrillo y sonrió, como siempre, levantando un poco más la comisura izquierda de la boca. Empezó a contarme sin excesivos detalles un documental sobre animales que había visto esa mañana. Martín era parco en sus descripciones pero siempre preciso. El documental trataba sobre una variedad de pavos canadienses que durante el período de apareamiento llevaban a cabo una lucha exquisita: los machos asediaban a las hembras, se exhibían, presumían y finalmente luchaban entre ellos.

Por la sonrisa que Martín esbozó al terminar la historia supe que su cabeza flotaba en fáciles comparaciones. Sus conjeturas eran absurdas pero traían algo grato al difícil transcurrir de los días. Agradecía que se detuviera meticulosamente a observar el mundo con algo de inocencia, que me considerara su amigo y me permitiera compartir su cruda manera de ver la vida. Agradecía conocerlo desde hacía tantos años, a ese muchachito que se emocionaba por haber cazado una rata en cualquier potrero con su bodoquera, o se entregaba a la tarea de coleccionar insectos, o a construir algún avión a escala.

Un muchacho un tanto apesadumbrado pero altivo, como el tango, temeroso de su madre, un hombre triste, quien en lo profundo sentía que en algún momento del juego alguien le cambió las cartas.

Seguimos bebiendo y entonces yo también comencé a teorizar. Hablé con convicción sobre una de las raíces más profundas del mal en el mundo y de la que surgían un sinfín de radículas que creaban nuevos y terribles males. Hablé de Guillermo de Aquitania y de los ministriles y trovadores y su gaya ciencia, verdugos sin capucha, quienes pusieron por primera vez a la mujer en un pedestal inalcanzable al intentar reducir a una especie de sistema los bellos matices del galanteo y del amor, normativas inexistentes incluso en su tiempo, excusas para conseguir algo de calor. Martín rio y supe que también estaba contento de escucharme, aunque ya nada de lo que dijéramos era nuevo para el otro. Las cervezas bebidas empezaban a nadar libres por nuestras venas y sentimos que era tiempo de volver a salir al mundo, de volver a probar suerte con nuestras vidas, de buscar algo más de muerte.

Salimos del bar cuando ya la tarde caía, con un cielo grisáceo pintado de naranjas y rosas y comenzamos a caminar por la avenida 19 con paso firme y un tanto apresurado. Cogimos un taxi en la séptima que nos llevó de regreso a mi casa, porque tras una corta pero exasperante discusión Martín me había obligado a volver a recoger el carro, pues no pensaba devolverse solo en un taxi carísimo después de que nuestra noche tocara su fin.

Así, ya en mi carro, lo obligué a que cerrara la ventana para no estropear los 25 °C que había logrado en tiempo récord. Martín hizo caso omiso de mi orden y prendió un cigarrillo. Cantaba contento y sin desafinar una canción llanera cuya letra había intervenido en bien del humor de la tarde. Llegamos a la glorieta de la calle 100 donde me dediqué a dar vueltas. Después Martín dijo que fuéramos a buscar a Felipe para intentar sacarlo de su miseria. Tomé rumbo a su casa al tiempo que Martín y yo nos preguntábamos el porqué de la inexistencia en nuestras vidas de un grupo de mujeres un tanto libertinas que nos recibieran en días como esos para ofrecernos todo lo que supieran dar y no pidieran nada a cambio. Pensé en Liliana, quien ya también había escrito el nombre de Martín en su cuaderno de tapas de flores, pero su imagen no fue del todo útil.

Felipe bajó a regañadientes, después de una intensa discusión con Martín por el citófono acerca de nuestra incorrección mental y nuestra eterna esperanza de buscar lo inexistente. Lo sumó al hecho de tener una insufrible colección en video sobre la historia del boxeo que había estado reservando para un día como ese. Pese a salir farfullando, lo vi bajar con su ceñido abrigo, de marinerito, de paño negro y un cigarrillo prendido en la mano derecha. Luego subió en el asiento de atrás.

Condujimos un rato por las transitadas calles de Bogotá, sin prisa, mientras esperábamos que se decantara la suave ira de Felipe, quien aún no sabía que nos dirigíamos a una reunión familiar en casa de una de las tías de Martín.

—¿Qué hacemos aquí? —preguntó casi como un niño Felipe, cuando me detuve frente a un portón verde. No quise responder y cuando preguntó de nuevo, Martín le dijo que estábamos en la casa de su tía Margarita, quien cumplía setenta años. Felipe palideció y se sumió en uno de sus usuales silencios llenos de rabia y molestia. Martín sonrió y le prometió que sólo nos quedaríamos un rato. Salimos del carro, y mientras Martín timbraba, yo esperaba a Felipe para decirle que lo sentía muchísimo por todo, sin poder borrar una vulgar sonrisa enmarcada por mis ojos de topo.

—Nunca pensé que la vida fuera así —me dijo Felipe, sonriendo, demostrando que era el viejo coracero a quien yo nunca dejaría de querer.

Entramos por un zaguán decorado con un par de bustos de santos, un san Francisco Javier, que recordé de mis días con los jesuitas y una santa Rita, a quien saludé de inmediato, la patrona de las causas perdidas. Al fondo sonaba la articulada voz de Roberto, el padre de Martín, quien cantaba un bolero. Los tres nos miramos. Me froté la cara y restregué mis ojos mientras pensaba en lo difícil que era todo.

Salió a nuestro encuentro Leonor, la madre de Martín, quien nos saludó con un beso en la mejilla, nos agradeció por ir a esa reunión de viejos y nos preguntó por nuestras madres. Seguimos a una sala donde se encontraban los invitados, un grupo de unos siete u ocho viejos, a esa hora ya un poco borrachos y adormecidos. Roberto dejó de cantar y nos saludó. Felipe y yo nos presentamos a los otros invitados, mientras Martín fue a darle un beso a su tía. Nos trajeron *whiskys* con hielo y unos pasabocas. Roberto se acercó a hablarnos y a preguntarnos, distante, por la revista. Le respondimos que todo iba bien, sabiendo entonces que Roberto estaba alcoholizado y le importaba muy poco lo que podía pasar en una revista como la nuestra.

Al cabo de un rato la muchacha que servía las bebidas nos trajo otro trago. Roberto se quedó mirándola, ensoñador, un poco lascivo, quizás queriéndonos decir algo sobre ella, pero recordando de inmediato que éramos los amigos de su hijo, por lo que no dijo nada y sólo dejó escapar un suspiro lastimero. Quise abrazar a Roberto y llevarlo al zaguán para que ambos nos postráramos de rodillas a los pies de santa Rita. Luego trajeron más *whisky*.

Yo seguía en mi atalaya, pensando que Felipe estaba conmigo, pero cuando me volteé a decirle algo, él estaba embebido con una colección impresionante de horrendos gallos y payasos de porcelana. Felipe ya estaba borracho y se entregaba a sus diversiones silenciosas. Martín, al notarlo, llegó riendo, a la vez que le exigió respeto para con la colección que entonces Felipe brillaba con el puño de su camisa. En un momento de descuido, un tío de Martín, cuyo nombre creo que era Elías, me tomó del brazo. Felipe y Martín seguían con los payasos y los gallos mientras Elías me contaba el inicio de la historia de su vida. Me recluí dentro de mí y comencé a asentir y a sonreír en los momentos indicados, a repetir la última palabra de sus extensas frases para que pudiera hilar su soporífero discurso.

Después vinieron otras conversaciones tal vez demasiado incómodas. Al final Martín y Felipe aparecieron y nos marchamos de la fiesta rumbo a un bar. Estaba borracho y veía a las muchachas que pasaban a mi alrededor como seres deseables, seres que debía poseer bajo la sombra de un farol titilante, en un parqueadero en declive. La luz blanca de mis ojos se convertía en roja, mediante un sofisticado lente, y me zambullía en el estanque: nadaba entre mujeres que nunca tocaría, besaba cuellos y vientres a los que jamás me acercaría, buceaba en los bajos fondos que algún día serían mi perdición y me entregarían a la muerte.

En ese punto Martín y Felipe ya no estaban a mi lado. Al no verlos cerca sentí un poco de miedo. Me apoyé contra una pared y la consistencia viscosa me repelió de inmediato. Respiré hondo y un ángel me alcanzó una cerveza, un ángel disfrazado de Felipe, quien me trajo de nuevo a la tierra y me recordó, señalando en varias direcciones, lo grandes que eran las manifestaciones de lo vulgar.

Con Felipe vimos pasar dos muchachas, una de ellas hermosa, y la otra su inevitable telón de fondo. Miré las nalgas de la muchacha hermosa. Luego ella me atravesó con la mirada. Las muchachas subieron las escaleras y las seguí con la mirada. La muchacha hermosa, que tenía una camisa de nudos marineros estampados, giró la cabeza y miró al vacío, con ojos inmensos, huecos y acuosos. Tenía un lunar precioso como el de Marilyn Monroe, un lunar como un mundo y la suma de todos los mundos. Marilyn de pelo

oscuro continuó subiendo la escalera, y me detuve
en los dos hoyuelos de sus riñones, al tiempo que
Felipe ponía su cabeza sobre mi hombro y simulaba
un sollozo. Me uní a su llanto, temblando la barbi-
lla, y no creímos a nuestros ojos cuando vimos que
Martín saludaba con un beso en la mejilla al telón de
fondo. Mi estómago se revolvió y pensé en Marilyn,
en la muchachita un poco retrasada que conquistó el
mundo con su sonrisa y su tragedia, quien destrozó
sin quererlo a Joe di Maggio y bailó con el pequeño
Truman, quien tenía problemas con el alcohol y cantaba al presidente 'Happy Birthday', con una voz que
derretía los corazones débiles como el mío. Martín
bajó con el telón de fondo y con mi pequeña Marilyn
morena y sentí una conmoción: había iniciado mi
irreversible camino de Damasco.

SE LLAMABA DOLORES,

su voz era dulce, casi infantil. Se reía con ganas de aquello que le estuviera diciendo Martín y lo miraba con sus ojos inmensos, un poco tristes quizás. Felipe hablaba desganado con el telón, la mirada perdida en las baldosas ajedrezadas del suelo y una cerveza en la mano izquierda, su espalda apoyada contra una columna que jamás podría sostener un mundo. Comenzaba a sentir que brotaba de mí, como si fuera el nacimiento de un río, un suave dolor de mundo. Dolor querido que me permitió olvidar por un momento el sudor, el calor, el zumbido en mis oídos, mi provocado cansancio. Subí a comprar otra cerveza y me quedé viendo al mundo desde una nueva baranda, lejos del campo visual de mis amigos. Estaba en mi burbuja y nada de lo que pasara a mi alrededor podía tocarme. Mi burbuja de dolores aprendidos y adoptados me protegía como una armadura nueva. Sólo dentro de mi burbuja. Solo dentro de ella. Volví a mirar la pista de baile. Felipe bailaba con el telón, rodeado de personas. No vi a Martín y a la hermosa Dolores del lunar y los ojos como mundos, y mi dolor creció, se hinchó, hasta casi reventar.

Cuando volví a verla, Dolores se apoyó de espaldas en la barra y tomó un sorbo de mi cerveza, ya tibia por el calor del lugar, tibia como toda mi vida. Martín no estaba con ella. Me devolvió la botella, me dio un beso en la mejilla y me ofreció su sonrisa, en la que entreví un hermoso dientecito desportillado. Un frío recorrió todo mi cuerpo, a la vez que mi ilusorio dolor se alivió, como si unas manos me hubieran acariciado con un ungüento milagroso. Mi burbuja estalló. Mi armadura cayó al suelo resbaloso a causa de los sudores mezclados de hombres y mujeres que jamás conocería, que jamás amaría, sin hacer el menor ruido. Vi cansancio, tristeza en los ojos de Dolores, dolores insondables que intentaba ocultar tras su angelical apariencia, entonces empañados por el sutil vaho del alcohol. En mí surgió una sensación de bondad, desprovista esta vez de las categóricas dudas que tanto bien me habían hecho antes. Luego me dijo que acababa de terminar una relación muy difícil de tres años y que si podía invitarla a una cerveza. Todo en la misma frase, sin puntuación.

Cuando regresé con dos nuevas cervezas, ella estaba riendo con ganas al lado de Martín, quien estaba en su mejor momento: pleno, divertido, interesante. Le dije alguna broma insulsa, a la que respondió riendo, sólo porque era mi amigo y me quería. Comencé a sentirme lamentable y falto de todo tipo de gracia, e intenté recoger mi armadura de la que ya no quedaba ni el peto ni la espalda. Recordé cansinamente los versos que hacía unas noches León Felipe me había recitado, en los cuales le imploraba al caballero de la triste figura: "Hazme un sitio en tu montura y llévame a tu lugar, que yo también voy cargado de amargura y no puedo batallar", al tiempo que comenzaba a beber de mi cerveza. Dolores hablaba con Martín pero me miraba intermitentemente, y sonreía de vez en cuando.

Felipe llegó renqueando seguido por el telón. Estaba llegando al máximo de su rabia. Ese tic nervioso, teatralmente desplegado, era señal de ello. Su rabia era su cojera, era su manera de decirle al mundo que no aguantaba más. Me abrazó tomándome como soporte y suspiró profundamente. Me gustaba ser su nuevo pilar. El telón, cuyo nombre era Ruth, se puso a hablar con Martín y con Dolores, exultante y con pequeñas gotas de sudor en la frente y debajo de la nariz. Sé que Felipe estaba conteniendo un llanto quedo, un lamento casi inaudible, que hizo efectivo cuando me dijo que Ruth era estudiante para actriz de teatro y no paraba de hablar. Intentó ser tolerante y permisivo y me dijo que debía ser una buena muchacha, muy sola quizás, pero su cojera era superior a él y terminó diciéndome que todo era horrible. Me reí y le di un poco de mi cerveza. Bebió un sorbo y se quedó ensoñador, distante, y cuando me dijo que tal vez Ruth sería una buena mujer con quien estar, una gordita entregada y cariñosa, supe que había estado pensando en Silvia. Ruth, a quien por el momento yo creía conocer gracias a mis rutinarios prejuicios, con sus padres creyentes, por ello su feo nombre bíblico, sus sueños de actriz consagrada y su pueril ternura, volvió a la carga y se acercó a hablar con nosotros, lo que es un decir, porque para ella sólo existía Felipe apoyado en un extraño que no dejaba de atusarse los bigotes.

Me retiré sabiendo que Felipe me odiaría por ese movimiento. Martín seguía hablando con Dolores, quien clavaba sus mundos en mí. Tuve miedo. Volví a preguntar ahí dentro si había alguien pero nadie respondió. Mi vida estaba llena de traidores que pretendían aleccionarme con sus actos de abandono. Dolores dejó hablando solo a Martín, quien me miró asombrado y se unió a Felipe y a Ruth, intentando mantener la compostura. Ella pasó de largo en dirección a los baños, a los que yo les daba la espalda. Me quedé quitándole la etiqueta a mi cerveza y cuando alcé la cabeza me encontré con la cara de Felipe, quien desde la lejanía me observaba y su mirada parecía querer decirme "cuidado". Y yo no supe si esto lo hacía porque lo había dejado solo con Ruth o porque veía en mi cara algo parecido a una perplejidad que rayaba con la estupidez. Segundos después supe que su llamado partía del hecho de que Dolores estaba atrás de mí, me tocaba suavemente el hombro, al tiempo que me decía: "¿Quieres?", y yo nunca supe si su pregunta hacía alusión a la bebida que me estaba ofreciendo, o si más bien con ella estaba poniendo en marcha las difíciles, bíblicas pruebas de testamentos que hablaban de un dios enfurecido contra los hombres, unos hombres que sólo eran su limitada creación. Nunca quise saber si su pregunta era simple y honesta o si con ella lo que en verdad me quería decir era: "¿Quieres destrozar partícula a partícula y átomo a átomo tu miserable y conforme vida para venir conmigo?, ¿quieres conocer toda la claridad y toda la oscuridad del mundo hasta que tu

cabeza y tu cuerpo no puedan diferenciar la una de
la otra?, ¿quieres que te lleve hasta el borde de las
pasiones humanas?, ¿quieres conocer los celos, la ira,
el odio, el amor incondicional, verdadero, el amor no
correspondido, desagradecido, desdeñado?, ¿quieres
dudar de todo lo que hasta entonces entendías como
la vida, de tus valores decimonónicos, tu moral de
parroquia?, ¿quieres aceptarlo todo sin entenderlo?,
¿quieres dejarme entrar en tu casa y siempre aceptar
mis reglas?, ¿quieres amarme y odiarme a la vez y a
intervalos?". Por lo que desafiante e inocentemente le
respondí, tampoco sin saber si se lo decía a ella o a ese
dios iracundo y atrabiliario: "Bueno, un poquito".

BUENA TEMPERATURA PARA AMBOS

Eran las diez y media de la mañana. No solía estar despierto a esas horas y menos arreglado, conduciendo mi carro.

Llegué en menos tiempo del pensado a la placita de Usaquén. Parqueé, me bajé del carro en mangas de camisa y me senté a tomar el sol en una banca que miraba a una arenera donde unas niñas jugaban. "Son tan bellas y puras a esa edad", pensó mi lado romántico, creedor de la inocencia de la infancia. Prendí un cigarrillo que boté después de tres caladas, porque me mareó y comencé a sentir náuseas. Una de las niñas le compró una paleta a un señor que venía pedaleando en su carrito de helados, y volvió a la arenera. Las otras dos niñas, menos agraciadas, le impidieron seguir construyendo con ellas el castillo en el que ponían sus esfuerzos. Pero ella, futura líder de areneras más complejas y quizás más interesantes, les lanzó la paleta sobre el castillo y salió corriendo. La seguí con la mirada hasta que se perdió en la callecita contigua a la iglesia. "Nada realmente cambia", pensó mi sabio y comprensivo lado filosófico. Me recosté en la banca con las manos cruzadas detrás de la cabeza y las piernas estiradas. Miré mi reloj que marcaba las once y veinte de la mañana. La cita era a las once. Me paré, estiré los brazos y fui hasta la puerta de la iglesia. Pensé en entrar, pero preferí quedarme fuera. Si ella no me veía, tal vez pensaría que me había ido por causa de su demora. No tenía su teléfono.

Unas horribles palomas picoteaban colillas y detritus a mi alrededor. Una de ellas tenía las patas hinchadas. Decidí regresar algún día con una bolsa llena de alpiste y perejil y dejarlas a su suerte. Las once y media. Empecé a sentirme intranquilo pero mi lado tolerante me hizo relajar y busqué alguna excusa fácil para disculpar su retraso. Mi carro brillaba bajo el sol. Cuando me subiera en él iba a ser difícil lograr una buena temperatura para ambos. Busqué con la mirada un lugar con sombra donde parquear pero no vi ninguno. Di una vuelta a pie por la plaza intentando no pisar las líneas divisorias entre ladrillo y ladrillo, entre baldosa y baldosa. Cinco para las doce. El calor comenzó a ser insoportable. Noté que tenía mapas de sudor debajo de los brazos.

Finalmente me dirigí al carro. Subí y abrí la ventana mientras prendía el motor. Puse uno de los casetes de Felipe en el que, como era natural, sonaba algo triste, pero que en ese momento me humectó como un bálsamo. Cerré los ojos y me recosté. Respiré profundo, y justo cuando iba a arrancar, sentí la mano de Dolores que me tocó en el hombro, introdujo su cabeza y su olor por la ventana y me dio un cálido beso, a la vez que se disculpaba por el retraso.

—No pasa nada —dije sonriendo—, yo también acabo de llegar.

HAN DEJADO DE LADRAR

El tiempo y la vida me besaban la espalda. Al igual que todas la mañanas de esas últimas dos semanas había recibido la llamada de Dolores a eso de las diez y me había ido a encontrar con ella en nuestra habitual placita de Usaquén. Ese día habíamos decidido irnos de paseo.

Entonces estábamos acostados en uno de los campos de Yerbabuena al que habíamos llegado, bajo la sombra de una acacia japonesa, desde donde veía las nubes que cubrían un cielo azul a través de las plateadas hojas. El universo respiraba conmigo y con mi pequeña Dolores. No hablábamos mucho. Tomábamos cerveza a sorbos moderados. De vez en cuando nos dábamos besitos. Nos cogíamos de la mano hasta que se volvía incómodo. Me decía que conmigo se sentía en otro país. No sabía si eso sería bueno. Decidí tomarlo como un cumplido. No muy lejos estaban las montañas que parecían cubiertas de algodón verde. Me quedé mirando por un rato una vaca y me pregunté por qué mamá les tendría miedo. Más besos y Dolores estaba hermosa con su largo vestido de líneas de diferentes tonos de café. Tenía el pelo recogido en dos colitas. Reía contenta de todo lo que mi inmejorable talante ante la vida me permitía decir. Al fondo ladraban unos perros y pedí por que no tuviéramos que salir corriendo. Pensé en Miguel de Cervantes y en su apócrifo: "Ladran los perros, Sancho, señal que cabalgamos". Dolores se levantó la falda y me dejó ver sus lindas piernas morenas y sus calzones verdes de algodón con florecitas blancas. La infancia y la adolescencia nunca vividas al fin recuperadas. Le subí un poco más el vestido y le toqué el ombligo. Sentí que los perros se acercaban aunque habían dejado de ladrar.

Hospedé un vértigo momentáneo ante la idea de estar esperándolo todo de una mujer con los dientes desportillados, que nunca me había dado su teléfono, pero que estaba a mi lado y a quien sentía más verdadera que el pan y la tierra. Me asustó pensar que parecía estar contenta conmigo y me abrazaba y besaba todo el tiempo, se ponía mis gafas y se burlaba cariñosamente de una alergia que me acababa de dar a causa del pasto y que me había hecho salir puntitos rojos en toda la cara. El hormigueo que sentía se volvió insoportable y estornudando le dije que era mejor que nos fuéramos.

Recogí las latas de cerveza que quedaban mientras ella iba al carro. Di una última mirada a las montañas dormidas. Salté la cerca con una inesperada agilidad que no me pertenecía y el intento no me salió mal. Me acerqué al carro rascándome la cara y Dolores quitó el seguro de la puerta de mi lado, estirándose como un gato. Me subí y Dolores me besó, preguntó si me molestaba mucho la picazón y arranqué sin prestarle mucha atención a la temperatura. Atrás los perros ladraban.

UNA RAREZA MÉDICA

Después de retozar con dedicación buena parte del final de la tarde en mi apartamento, entregados a las sutilezas del mutuo conocimiento físico, fuimos a un restaurante árabe a donde yo ya había ido. No tenía mucha hambre, por lo que sólo pedí un *quibbe* crudo y una cerveza. Dolores ordenó un plato con diferentes delicadezas árabes: *tahine* y *tabule*, indios, pinchos de cordero, *shawarma* de pollo, más *quibbes*, y yo agradecí para mis adentros que no fuera vegetariana. Estaba contenta y elocuente. Hablaba sobre sus sueños de hacer cine, o ser instructora de buceo, o tener una casa, llena de niños y perros, con vista al mar, todo esto con tanta normalidad que era como si estuviera recitando la lista del mercado. En medio de su discurso, todo lo que decía parecía creíble, parecía posible. Incluso cuando saltó al ya inevitable tema de sus primeras experiencias con drogas y al que todos llegábamos tarde o temprano, me gustó escuchar su narración sobre los reflejos de un verde fosforescente que emitían ciertos tipos de plancton en el mar de Isla Fuerte a donde había ido a hacer sus inmersiones de prueba para graduarse como buzo, y donde también había probado hongos alucinógenos por primera vez. Aunque me aburría la narración de ese tipo de sucesos, manía que tienen ciertas personas de hacer entender sus deshilados sueños, en Dolores era otra de las formas que cobraba su indefensa inocencia. Siempre me había gustado la inocencia en una mujer, porque me gustaba la inocencia en mí mismo. Me gustaba la inocencia en cualquiera que la tuviera. La encontraba sobre todo en algunos perros.

Llegaron los platos y Dolores comenzó a comer con ganas. Desapareció los indios después de untarlos con una generosa porción de *tahine*. Me ofreció de su pincho de cordero, del cual acepté un poco, no por tener ganas de probarlo, sino porque entreví que en verdad no quería darme ni siquiera un bocado. Siempre me había gustado interferir en la avaricia de las personas. Dolores había dejado de hablar y yo estaba contento de ver su dedicación casi religiosa a la labor que realizaba. Mientras la veía devorar su *shawarma* de pollo pensé que siempre me había sentido afectado por la visión de una bella mujer a la que le gustaba comer. Creía que las mujeres que disfrutaban comiendo no podían fingir, aun cuando sabía que muchas de las cosas que Dolores me decía no eran del todo ciertas.

Limpió lo poco que quedaba del tabule en su plato con un trozo de pan de pita, sonrió satisfecha y me cogió la mano. Me miró a los ojos sonriendo y luego me dio un beso que aún sabía a comida, y que extrañamente, desde mis inicios en las relaciones con las mujeres, no me dio asco. Llegó el café y unos postres de almendra que Dolores había pedido. Prendí un cigarrillo. Al dar las dos primeras caladas y sintiendo

la mano libre de Dolores sobre mi rodilla, empecé a
pensar que no había ningún derecho especial para la
felicidad o la infelicidad, la única diferencia residía en
que la primera se vivía gratuitamente, sin preguntas,
y la segunda se padecía.

Pagué y salimos tomados del brazo bajo la estrellada
noche bogotana. Dolores recostó su cabeza sobre mi
hombro, me dio las gracias y dijo sonriendo que me
amaba. Me quedé frío. Le sonreí de vuelta y estuve
tentado a responderle en medio de llantos de gratitud,
pero alguna de esas perdidas voces que existían en mi
interior me lo impidieron. Caminamos lentamente,
con el paso de los niños que aprenden a caminar o
de los viejos que necesitan de un bastón, mientras yo
navegaba ebrio por el olor del pelo de Dolores y del
contacto de su cuerpo con el mío. Se detuvo frente a
una vitrina donde había ropa para mujer y me preguntó si no me parecía bonito uno de los abrigos. Luego,
y siguiendo con las sólidas reglas de su libre fluir de
conciencia al que ya me estaba acostumbrando, me
dijo que ella había nacido para amar. Siempre lo había
sabido, pero lo había confirmado hacía unas pocas
semanas cuando visitó a su ginecólogo y éste le había
dicho que tenía el útero en forma de corazón, una
rareza médica, pero que ella quiso entender como
una señal de su misión en el mundo.

Llegamos a mi casa. Buscó entre mis discos y puso
la canción que había estado tarareando camino de
casa, y que había sonado en el restaurante. Se sirvió
un vaso con agua, lo dejó sobre la mesa y unió sus
brazos alrededor de mi cuello. Simulamos un bailecito

quedo, aunque yo no sabía bailar. Me besó y comenzó a quitarme la ropa. Puse mis gafas sobre una repisa de la biblioteca y le besé el cuello y me inundé de su olor. Me tomó de la mano y fuimos a mi cama. Cerca de la una de la mañana se levantó todavía desnuda. Me detuve en sus estrábicos senos, en los huesos del cuello, en sus nalgas prodigiosas, en su sexo infantil. Empezó a vestirse en silencio. Me miró con seriedad a los ojos y dijo que tenía que irse a su casa, lo que en verdad quería decir que yo tenía que llevarla. Me levanté, me vestí y bajamos tomados del brazo al garaje del edificio.

Conduje en silencio por las desérticas calles de Bogotá. Dolores puso su mano sobre mi pierna e intentó decirme algo pero no lo hizo. Llegamos rápidamente a un edificio de la calle 132 donde apagué el carro. Me volvió a mirar fijamente, esta vez triste, cerró los ojos y me besó cariñosamente en la boca. Bajó del carro luego de decirme que me quería y que me llamaría al día siguiente. La vi entrar en el edificio, no saludar al portero y perderse en el ascensor. Prendí el carro, prendí un cigarrillo, abrí la ventana y arranqué después de poner un casete de fado que le gustaba mucho a mamá, al tiempo que dejaba a mi bella Dolores en casa del hombre con quien vivía hace meses, y me pregunté de nuevo, casi divertido, qué significaría haber nacido para amar.

ENTRE CUATRO PAREDES BLANCAS

"El *Hachimaki* es la banda blanca con leyendas que se colocaban los viejos guerreros japoneses antes de entrar en combate, o más recientemente los pilotos kamikazes, cuya traducción indica 'el viento de los dioses', antes de volar hacia la muerte", escribió mi padre en uno de sus diarios japoneses. Llevaba cinco días y mil noches esperando la llamada de Dolores, quien había desaparecido sin dejar rastro. Me amarré a la cabeza el limpión de la cocina y me sentí como un kamikaze gordo más bien llevado a menos, ridículo en su cobardía, un vientecito mundano, un kamikaze que le temía a la muerte.

Había ido a su edificio y el portero no me quería decir nada, saboreando el uso de su único poder sobre el mundo. No tenía su teléfono, no conocía amigos suyos. En medio de esa incipiente locura empecé a pensar que había inventado a Dolores para estar menos solo, al igual que todo el mundo a mi alrededor, y en verdad estaba amarrado con una camisa de fuerza entre cuatro paredes blancas. "Sólo son cinco días, Aníbal", me repetía una y otra vez. Era normal. Ya regresaría. Pero no volvía y, sintiendo su lejanía, entendí que la ausencia era el tamiz que separaba el amor verdadero de los amoríos sin importancia. Debí haberle dicho que yo también la amaba. Demasiado tarde.

Abrí al azar el diario de mi padre, queriendo secretamente que éste me sirviera de bitácora. "Lo auténtico japonés es lo que no se ve". No entendí nada y comencé a sentirme timado. Pensé servirme un trago, pero no podía moverme. Respiré profundo e intenté pensar con claridad, al tiempo que retomaba una de las páginas de mi padre: "Considero que es necesario recuperar algo que me parece fundamental en la vida de un hombre: una fuerza espiritual continua que debe manifestarse en el curso de los acontecimientos cotidianos". Alguien dijo una vez que el mundo era cómico para aquellos que pensaban y trágico para aquellos que sentían. Me incorporé y fui al baño a verme la cara frente al espejo. Vi mi reloj. El tiempo no andaba. Seguí pensando en Dolores a la vez que sacaba una foto que nos habíamos tomado en un fotomatón. Estar con Dolores y soñar con nuestra vida juntos lo era todo para mí. Era como vivir un vacío momentáneo en el que se precipitaba todo lo que amaba. Un sentimiento de unidad con el sol y la mesa y el agua. Un estremecimiento de gratitud para aquel a quien yo pudiera interesarle allá arriba, al borracho que manipulaba mi destino y que entonces debía estar en el séptimo cielo, ebrio de felicidad por su impecable tarea. Comencé a odiar a Dolores. La imaginé con el hombre que vivía, de quien sé que estuvo enamorada, y de quien entonces pensé que aún debía estarlo. Consideré la posibilidad de irme del país. Empezar una nueva vida en un lugar con estaciones, cerca al mar. Llamé a mamá (no sin cierta vergüenza por mi falta de carácter) y le dije que iba a quedarme unos días en su casa. Ella respondió complacida que yo sabía que su casa siempre sería mi casa. Estaría contenta de tenerme junto a ella en las fiestas de fin de año. Me vestí sin mirar la ropa y salí a toda prisa, no sin antes revisar tres veces que mi máquina contestadora estuviera en pleno funcionamiento.

MAULLIDOS DE ULTRATUMBA

Primeros días de un año que adivinaba sin sorpresas. Le quité algunas hojas secas al bonsái de olivo. Las fiestas de fin de año me habían dejado triste, apático. Había actuado de la mejor manera posible frente a mi familia, pero el vacío en mi interior era difícil de llenar. Mi madre se había dado cuenta de todo a través de ese cordón umbilical que nunca habíamos cortado, y se había mostrado más amorosa y comprensiva que nunca. Martín y Felipe habían salido de vacaciones con sus familias, lo que me había dejado solo en esa ciudad construida para el olvido. El olivo no puso objeciones cuando le informé acerca de la decisión de mudarnos por unos días a casa de mamá. Cada tanto, sin embargo, íbamos a nuestra casa, bajábamos las cortinas, apagábamos las luces y nos sentábamos a hablar como eso que ya éramos: viejos amigos. Luego regresábamos a casa de mi madre.

Mi hermano padecía de un curioso estado: cada vez que me veía se ponía a llorar. Decía no comprender una vida en la que crecer representara tanto dolor. Lloraba por su infancia perdida y por la mía también. Prefería no salirle al paso, no porque me molestara o no compartiera su lamento, sino para evitar la escena de dos hermanos llorando desconsolados entre las paredes que los vieron crecer. Sin embargo, había momentos en que no podía evitar escucharlo, era tan agradable hacerlo, siempre esperando que se quedara dormido después de llorar para así poder apoyar mi cabeza en su mullido estómago que subía y bajaba como un balancín. Cuando lo veía, tenía sensaciones encontradas: no sabía si llorar con él o ponerme a reír, y lo único que quisiera haber podido decirle era que yo también extrañaba nuestra infancia perdida, Juan, extrañaba elevarme por el aire sobre tus brazos jugando a Superman, extrañaba construir imbatibles ejércitos por horas para luego ser destruidos en segundos, extrañaba que me contaras historias y que prefirieras estar conmigo a salir con tus amigos, extrañaba que me trajeras pitufos y helados de vainilla. Yo también quisiera volver a estar allí contigo o esperando tu llegada, o la de mamá o papá, y no la llamada de una mujer de quien sólo sabía que le gustan los animales, el mar y la ropa, que no sabía qué hacer con su vida, y de quien, estúpido de mí, lo esperaba todo.

Aburrido también de estar en casa de mamá, salí a dar una vuelta en mi carro. Bogotá estaba vacía en esa época del año y parecía una buena ciudad. Salí a comprar hamburguesas y pasteles para airear mi cabeza y para matar el tiempo. Repetí: "El Señor es mi pastor, nada me falta", varias veces y no pareció tener mucho efecto. Quizá debí saber decirlo en el hebreo original, en lugar de repetirlo como un loro mojado. Por momentos sentía ansias de matarme lentamente: dedicarme con tesón por un par de semanas, un mes quizás, a emborracharme y drogarme hasta que mi corazón dejara de latir. Vivir una dulce y cruel anestesia hasta que el motor se detuviera. Pero luego pensaba que sería mejor dejar de beber, de fumar, dedicarme al deporte y llevar una vida aeróbica y académica en la que sólo tendría contacto con mis queridos muertos, con quienes tendría día tras día espléndidas charlas. Pero quizás no. Necesitaba problemas reales. Triste vida de un niño echado a perder.

No podía dejar de pensar en Dolores. La recordaba y me volvía a saber solo. Puse, maltratándome adrede, 'Tristeza, separación' de Piazzolla y el fuelle que gemía desde el interior me servía de interlocutor ideal para mis elucubraciones. Recordé que unos días atrás, en medio de nuestro idilio, Dolores me dijo que los padres del hombre con quien vivía vendrían de vacaciones, hecho que la comprometería a ir con ellos de paseo. Luego me dijo que quería pasar las fiestas conmigo. Entonces odiaba la mentira, yo, el gran apologista de la invención. Las mentiras estaban bien en el arte, pensé, pero la honestidad era necesaria en la vida diaria. Quizás se casó con el hombre con quien vivía, quien al verla distante decidió emprender la difícil tarea de hundirse en el légamo de su debilitado amor buscando su restablecimiento por medio de la alianza. Un día en que ambos estábamos muy borrachos me insultó por haberla sacado de su hogar. Pero yo no había sacado a nadie de ningún lugar. Ella era la que me llamaba y me decía que era muy infeliz en su vida hasta que me conoció. Reiteraba que conmigo se sentía en otro país. Me llamaba con sus maullidos de ultratumba desde un teléfono público que quedaba al lado de su casa, diciéndome que el tipo con quien vivía le había pegado. Quisiera haber sido otra clase de hombre y haber ido a ajusticiar a ese cobarde. Pero lo único que salía de mi boca era que debía dejarlo. Y luego por las noches iba a llevarla a su casa, incluso la acompañaba a cualquier supermercado donde le compraba comida para tenerlo tranquilo. Me decía que cuando se acostaba en su cama pensaba que yo estaba a su lado, ponía mis gafas sobre la mesita de noche, apagaba la luz y la abrazaba hasta el otro día. "Allí donde tú te encuentras, allí mismo se encuentran todos los mundos", recité en mi cabeza con ternura, pensando en mi Dolores de los ojos como mundos.

Por unas horas no quería volver a casa de mamá. Adoraba a mi viejita y a Juan, pero ninguno de ellos podía reconciliar el tamaño de mi desesperanza. Quería volver a estar junto a Dolores para siempre.

Regresé a casa de mamá. Comimos en silencio, mientras Juan lloraba y devoraba su hamburguesa como si ésta fuera el último deseo de un condenado en el callejón de la muerte. ¿Qué pensaría mamá? Debía sentir que se equivocó de lleno en algún momento de nuestra crianza. Dos hombres destrozados comiendo en su mesa, mientras ella no paraba de sonreír. Quizás se divertía con toda la escena y volvía a sentirse madre, cuidando de sus hijos enfermos. Le cogí la mano y me dio sus dos apretones telegráficos. Ambos nos comenzamos a reír viendo a Juan someter pasteles. Él nos miró desde las dos líneas de sus ojos aguados, dolido y sin comprender nuestro irrespeto para con su espíritu de poeta, hasta que también él empezó a reírse, primero quedamente y luego sin frenos, con su hermosa risa que llenaba las atmósferas. Mientras me reía, yo también con lágrimas en los ojos, agradecí estar sobre tan firme suelo.

—Chiquito, se me olvidaba. Al momento que saliste, llamó Martín a desearnos un feliz año y a decirte que ya estaba en Bogotá. También llamó una Dolores. Dijo que te llamaba luego —indicó mi madre, quien alargó el nombre de Dolores melodiosamente. Le di un beso en la mano y fui al teléfono a llamar a Martín. Había logrado una vez más sobrevivir a las horribles fiestas.

Cuando llegué a su casa, Martín jugaba una partida de ajedrez en el computador contra algún contrincante invisible que jamás conocería en vida. Se veía tranquilo en medio de su beligerante soledad. Envidiaba su sosiego, la parsimonia de sus movimientos, esa sensación de control que emitía cada parte de su cuerpo, todo bien diferente al marasmo que sentía en mi interior. Me acerqué a la pantalla y vi que estaba perdido. Dos peones tristes se erguían en su posición de inicio. Una torre asediada estaba a punto de ser tomada por sendos jinetes blancos. Siempre jugaba con las negras. Oscuro Martín perdido en su incomprensible claridad. Había caído la torre. El rey esquivaba la muerte: en medio de la ceguera del poder, pensaba que ya pasaría, como todo pasaba, las alegrías, las tristezas. Reconstruiría su reino de las cenizas. Encontraría otra reina, nuevos vasallos. Recordé a Felipe hablándome sobre Bobby Fischer, el ex campeón mundial de ajedrez más joven de la historia, exiliado de los tableros y de ese otro tablero, el mundo, hasta que se supo que había tomado a Budapest por

hogar, gracias a la bondad que le brindaban sus restau-
rantes y termales. Antes de esto y aún siendo el genial y
prepotente campeón, Bobby se recluía en su temprana
soledad, perfeccionaba su juego recostado en una de las
tres camas que tenía a su disposición en un apartamento
de Brooklyn, a la vez que afinaba su desprecio por las
mujeres, de quienes decía: "Todas son débiles. No debe-
rían atreverse a jugar". Pensando en Felipe y por unión de
ideas en Bobby, supe que el dolor que sentía por no haber
podido vivir sin Dolores los pasados días, me convertía
en una mujer que no debería atreverse a jugar.

Martín dejó el juego. Fuimos a la cocina y me dio
una cerveza. Quería hacerlo partícipe de mis dudas, de
mis pensamientos encontrados, de la misma manera
que de niños le habría dicho que había estallado un
hielo con mi escopeta de aire comprimido, cubito que
se encontraría a doce pasos de distancia en el jardín
trasero de mi casa, utilizando un solo balín. Pero su
calma me tranquilizaba. El descuido inocente con que
derramó la cerveza sobre sus pantalones de pana y su
siguiente lamentación animada, me impidieron por un
momento compartirle mi aflicción.

Martín estaba contento porque sus padres no estaban en casa y sentía por momentos la libertad anhela-
da. Sacó un par de filetes de ternera de la nevera y los
lanzó con desgano a la sartén con aceite hirviendo.
Amo y señor de su reino de dos horas. Comenzó a
desprenderse un rico olor a carne con ajos y cebolla.
Me preguntó por Dolores y yo le contesté altivo que
no la había vuelto a ver, fiel a los códigos férreos de
desinterés de los que mamamos en nuestro colegio

de jesuitas, de donde nos graduamos en introspección, en creernos condenados y perseguidos. Puso dos platos sobre la mesa y deslizó los trozos de carne jugosa y humeante. Trajo dos nuevas cervezas.

—Debió volverse a enamorar de su marido —dijo sonriendo sin mirarme a los ojos, ayudándome desde su manera ácida de acercarse al mundo a entonar mi lamento. Pensé numerosas posibilidades de comentarios a su frase para inclinarme por el silencio, mientras cortaba la carne, pensando que era el cuello de Dolores. Luego le dije, sin creerlo realmente, que no importaba, que ya había tenido lo mío, ocultando la alegría de saber que me había vuelto a llamar.

—Se alcanzó a ilusionar, ¿no? —me dijo Martín con la misma, reptílica expresión. Guardó silencio por unos segundos y luego dijo—: Antes de irme de vacaciones me la encontré por la calle. Fuimos a tomar unas cervezas.

Me puse lívido, pálido como una lámpara japonesa. Empecé a sentir nuevos líquidos insospechados, antes jamás percibidos, fluyendo por mi corteza cerebral. Intentando buscar paralelos para esa sensación, sólo me vino a la mente la caída vertiginosa de los carritos de una montaña rusa sin alegrías. Bajé lo que quedaba de cerveza de un solo trago. Martín, perdido en otro momento de nuestra historia, en ese lugar en el que sólo éramos dos hermanos que todo lo compartían, comenzó a recordarme cuán coqueta y vulgar era Dolores, poseedora de esa coquetería y vulgaridad que la hacían atractiva a tipos como nosotros, cazadores furtivos, áridas representaciones de la soledad.

Comparó su mirada con la de Silvia y lo encontré verdadero. Comparó su confusión con la nuestra y lo encontré cierto. Comparó su belleza con lo innegable, y lo encontré amargo. Velos infinitos cayeron a mis pies y me volví a sentir como el niño atemorizado que fui, quien corría a esconderse en el carro de su madre cuando se había roto la nariz para que su padre no lo viera y se enfadara con él. Y esos velos a mis pies, lo palpable y categórico de la realidad, sirvieron desde ese momento de orejeras de caballo para mi trote torpe y decidido hacia el futuro, un futuro incierto y pantanoso, donde lo único que me quedaba en claro era que estaba perdidamente obsesionado por Dolores, mi Dolores coqueta y vulgar, a quien quería hacer mía y a quien sentía como mi faro y mi luz.

—¿Cuántas cervezas se tomaron? —pregunté con una voz que no sentía como mía.

—Un par. Estuvo bien. Es agradable hablar con ella —dijo Martín. Comenzó a desagradarme su expresión, expresión de hombre de mundo, de vencedor de mil batallas, conocedor de los misterios intangibles de la vida y la muerte.

—¿Y a dónde fueron? —volví a preguntar con esa voz desconocida.

—A un bar —respondió el canchero jugador invicto, héroe de las tribunas—, fue el día antes de que ella se fuera con su novio a esos termales en Boyacá.

Martín poseía toda la información que yo desconocía. A ella le gustaban los termales, como a Bobby Fischer, pero a diferencia de él no los usaba para relajarse y pensar con claridad, sino para entregarse a sórdidas bacanales con su salvaje a quien había reducido mediante el uso de sus encantos corporales. Un par de cervezas. ¿A qué equivalen un par de cervezas? Horrible detenerme en todos esos pensamientos. Dolores me había dicho que Martín le agradaba. Siempre los veía cuchicheando y riendo, pero antes jamás me había molestado. Pensé en la lealtad, en mis entonces obsoletas ideas sobre la amistad, en guerras fratricidas, en Troya asediada por los ejércitos aqueos, pensé en la muerte, en el asesinato, en la confianza y en una vida compartida entre amigos donde no cabía el engaño ni la traición. Ante todo mantener la compostura. Sobre todo con Martín, viejo amigo que me acuchillaba por la espalda. No había pasado nada, Aníbal, todo eran suposiciones, pero como decía Felipe: "Son tan reales los presentimientos", éstos siempre brotaban del mundo real, de un aumentado y afilado sentido de comprensión de la realidad.

—¿De qué más hablaron? —pregunté en vano intentando disimular mi curiosidad.

—De todo un poco. Fue bastante agradable.

No sólo fue agradable sino que fue bastante agradable. Una nueva faceta de mi personalidad brotaba como la única flor de ciertas pencas. La coqueta, la vanidosa Dolores había atrapado a otra mosca en su red. Pensé en Felipe, en la lasciva Silvia fornicando con unos de nuestros llamados amigos cuando Felipe les daba la espalda. Reconocí a mi viejo amigo, mi querido dolor de mundo, llegar con sus inmensos baúles, decidido a quedarse para siempre después de unas vacaciones inmerecidas. Martín sólo me había dicho que había salido con Dolores a tomarse unas cervezas y en mi cabeza ya los había convertido en traidores. Era bueno que los amigos se entendieran con la mujer que quieres. No pasaba nada, Aníbal, Martín era tu gran amigo de la infancia.

ENTONCES DIJO SÍ

Salí de casa de Martín con un balón medicinal por cabeza, hecho de pesado cuero repujado. No sabía hacia qué lugar dirigir mis pensamientos. Anhelé mi cercano pasado conformista, para segundos después preferir este presente en el que me sentía tan vivo. Me encontré de lleno con un atasco de tráfico que no pude esquivar y que redujo de inmediato mi alegría anterior.

A mi lado iba una pareja de edad media en un carro blanco. El hombre tenía el ceño fruncido mientras intentaba cambiar de emisora. La mujer fingía dormir. Un niño sucio y de ojos brillantes golpeó mi ventana y me ofreció empanadas. Le di unas monedas. Un negro enorme, con dientes perfectos y parecido a Miles Davis de joven, sostenía una cartulina donde escribía que era un desplazado de la guerra. El semáforo cambió a verde y avancé unos metros. Volví a mirar a la pareja por el espejo retrovisor y los imaginé soñando con otros mundos posibles, aburridos en medio de su engañosa seguridad, pero era claro que todo partía de la endeble disposición hacia el mundo con que había salido de casa de Martín. Quizás eran una pareja feliz que comenzaba su descenso conjunto hacia una bella vejez compartida. Miré al negro y entonces escuché a León de Greiff, quien me recitó con su voz atropellada y seca: "Juega tu vida, cambia tu vida, de todos modos la llevas perdida", permitiéndose la segunda persona para que así resultara más íntimo. El semáforo volvió a cambiar a verde y logré salir del atasco.

Doblé la esquina de la calle donde estaba mi edificio y al acercarme a la portería vi sentada en las escaleras a Dolores. "Juégala o cámbiala por el más infantil espejismo, dónala en usufructo, regálala", continuó León. Detuve el carro en la entrada y ella vino a mi encuentro. Abrí la puerta y saltó efusiva, como lo haría un inteligente y afectado french poodle, sin dejarme bajar, al tiempo que me besaba los ojos y la boca y me farfullaba cuánta falta le había hecho. Sin embargo, mi pesado balón medicinal hizo que la apartara sin violencias. Quería verla mejor. Sus ojos estaban acuosos, pero seguían vacíos, su bella sonrisa desportillada parecía verdadera. Se sentó en el puesto del copiloto sin soltarme el brazo a la vez que seguía besándome el hombro y me cogía la cara.

—Te quiero mucho. Te extrañé mucho —entendí en medio de su febril catarata verbal, al tiempo que yo veía al bueno de Juber, el portero, quien sonreía paternalmente y me alzaba el brazo, saludándome, tal vez felicitándome.

—No quiero volver a estar lejos de ti ni un segundo más —dijo Dolores desde algún lugar importante de sus adentros, conjetura que me llevó a decidir amar eternamente a esa mujer efusiva y amorosa, de quien quise pensar que ya no dudaría más. "Juégala contra uno o contra todos", sentenció León. Parqueé el carro y fue justo antes de apagarlo cuando me di cuenta de que por primera vez desde que conducía no le había prestado atención a la temperatura.

Subimos enlazados al ascensor sin parar de decirnos palabras tiernas y darnos besos sin dirección. Entramos a mi casa y ella se comenzó a quitar la ropa sin dilaciones, dejando un bello rastro de prendas. Se tiró en la cama y se perdió entre las cobijas, para luego emerger y preguntarme sonriendo si todavía la quería. Sentí un frío que me recorrió todo el cuerpo. Era el frío del miedo y del deseo unidos, el miedo a la muerte: miedo de volver a encontrarnos en el plano de lo físico, acompañado del deseo de poseer ese cuerpo hermoso, por lo que León tuvo que ayudarme de nuevo y decir: "Juégala definitivamente, desde el principio hasta el fin", consejo que vino ayudado por las sabias manos de Dolores que leían mis inexpertos pensamientos como en un libro abierto, ese libro en el que yo era Sergio Stepansky, quien juega su vida con y por una mujer bella y triste, "a todo lo ancho y a todo lo hondo" y de este juego mortal se desprendió, como una cornisa de un edificio en ruinas, aquel sentimiento del vacío de la vida que tanto me había inquietado los días anteriores a mi reencuentro con Dolores, ese sentimiento perdió de pronto su amarga razón, su poder nefasto.

—¿Quieres una cerveza? —pregunté repentinamente triste después de haber vaciado mis fluidos vitales. Dolores negó con la cabeza—. ¿No te gusta la cerveza? —volví a preguntar, sintiendo que un cuerpo extraño no reconocido por mi organismo me poseía.

Dolores me dijo que no mucho, que no le gustaba beber, porque cuando tomaba hacía idioteces.

—¿Qué clase de idioteces? —preguntó, tomando mi boca como médium, una nueva Voz en mi interior.

—No sé... idioteces de borracha —dijo Dolores al tiempo que me acariciaba el antebrazo. León intentó salvar el día y me dijo: "Truécala por una sonrisa y cuatro besos", pero mi organismo no tenía anticuerpos contra el mal que ya brotaba ingobernable. Odié el sempiterno "no sé" femenino, muestra de horribles inseguridades que se contagian al primer contacto. Recordé a ese otro Aníbal, al Aníbal del colegio de jesuitas, solo, misógino por imposición de las circunstancias y no por elección, quien me regresó a mi medioevo interno, tomándome de la mano como un padre furibundo a su hijo inquieto.

—Vamos a emborracharnos entonces. Voy a llamar a Martín —dije, a lo que ella respondió:

—Quería quedarme aquí, contigo... —dijo algo temerosa a mi parecer. Mi nueva enfermedad me hizo pensar que ocultaba algo, que quería dilatar las cosas, comprar algo de tiempo con mimos y caricias.

—No, no, vamos. Hoy hay que celebrar nuestro reencuentro.

Me paré de la cama, me puse la ropa y fui a servirme un vaso de *whisky*. Marqué el teléfono de Martín, a quien comenzaba a odiar segundo a segundo. Le dije que nos reuniéramos en mi casa. Luego apuré todo el trago y me serví otro. Estaba dispuesto a inmolarme como un mártir imbécil buscando alguna verdad sin importancia. Le respondí a León con sus mismas palabras: "Todo, todo me da lo mismo: todo me cabe en el diminuto, hórrido abismo donde se anudan serpentinos mis sesos". Regresé a mi habitación donde Dolores estaba sentada todavía desnuda. Me senté a su lado y la abracé. Ella me abrazó de vuelta, al tiempo que me decía que nunca quería perderme. Sentir su tibieza, su olor y cercanía, hicieron que me sintiera seguro. Le dije que nunca la dejaría, y lo dije de corazón. Luego le dije que sólo nos iríamos a tomar unos tragos y regresaríamos. Sonrió, me besó en los labios y se fue al baño a arreglarse, dando saltitos. La Voz en mi interior, esa nueva presencia que había venido para quedarse, me hizo saber que Dolores no había puesto muchas objeciones para terminar accediendo, pero la acallé rápidamente con un trago de *whisky*.

Sonó el citófono y Juber me dijo que don Martín estaba abajo. Le contesté que lo dejara subir mientras la Voz me informaba que Martín había logrado un tiempo récord en venir. Siempre había estado acostumbrado a esperar a Martín y tuve que reconocer que me extrañó su presteza. Le pregunté intentando sonar divertido si no había fundido el motor estableciendo una nueva marca de velocidad. Martín sonrió distante y se sentó en el sofá. Sentí ganas de parapetarme debajo de mi cama a rogar por que el mundo se acabara. Pero en vez de hacerlo, fui al equipo y puse adrede una canción que hablaba de un hombre que esperaba agazapado la partida de otro para poder estar con su mujer. Mis ciegos pasos me llevaban a esa arena movediza de la que no se puede salir ileso. Dolores salió del baño vestida y maquillada como si le fueran a entregar un Oscar. Saludó a Martín con entusiasmo, lo que por poco me hace vomitar.

—¿Cómo te fue en los termales? —le preguntó Martín.

—Bien. Estuvo rico —respondió Dolores sonriendo.

—¿Cuáles termales? —pregunté encendiendo un cigarrillo, simulando no saber nada.

—Ah, sí, no te había contado. Estuve con Richard en unos termales. Sus padres vinieron de Estados Unidos. Estuvo bien —dijo Dolores.

Me serví otro *whisky* sintiendo que iba en caída libre. Pero allá abajo me recibió de nuevo León, quien crípticamente me dijo: "Cambia tu vida por lámparas viejas". No entendí nada y él se percató, por lo que embistió de nuevo: "Cámbiala por lo más anodino, por lo más obvio, por lo más fútil", que tampoco comprendí del todo pero me ayudó a salir del sopor. Logré pensar y actuar con una fuerza que ya no era mía: "Bueno. Vamos". Cogí la botella y salimos a la noche.

En el ascensor Dolores me preguntó si me sentía bien. Sonrió y me dio un beso en la mejilla. Iba a coger su mano pero ella sin darse cuenta de mi acercamiento, la movió hacia otro lado. Pensé en Felipe y en la mano que otrora le negara Silvia. La Voz me volvió a informar que Dolores no había querido dármela porque se avergonzaba de que me vieran con ella.

En el carro de Martín, yo iba sentado atrás, teniendo un acalorado diálogo peripatético con la Voz, mientras los de enfrente hablaban y se reían divertidos. El diálogo, en pocas palabras, versaba sobre el grado de intimidad que representaba salir con alguien tomado de la mano: "El grado más alto de la intimidad", sentenció la Voz. Y continuó discurriendo acerca de cómo dos personas pueden besarse y tirar salvajemente hasta que todos los posibles fluidos vitales se hayan drenado por completo, sin jamás haberse tomado de las manos. Acabado el repertorio sexual, es probable que las dos personas en cuestión se avergüencen de sus actos o de la persona con quien los perpetraron. En tal caso, una de las dos partes tomará sus pertenencias y saldrá a la calle con una sensación bastante desagradable, probablemente jurando no volver a repetir tales movimientos. En caso contrario, es decir, si la intervención ha sido satisfactoria, es probable que las personas en cuestión terminen durmiendo juntas, despertando juntas, desayunando, saliendo a pasear, y en dicho paseo, es probable que alguno de los actores deslice su mano en la del otro, y en caso de que no exista rechazo, es posible que éste sea el comienzo de una bonita relación. Saldrán cogidos de la mano por la calle, irán a fiestas cogidos de la mano, se irán a casa de los respectivos padres cogidos de la mano, serán una gran unión de manos que caminarán enlazadas por el mundo.

La Voz comenzaba a marearme por lo que tomé un trago de la botella y me puse a ver las luces de la ciudad por mi ventana. Sobre la séptima había ríos de personas, varias de ellas cogidas de la mano. Después de un semáforo llegamos a una estación de servicio donde dejamos al brioso corcel de Martín, carente de climas estudiados. Nos bajamos y Martín me puso amigablemente la mano en el cuello. Le pasé la botella. Me estaba empezando a sentir borracho. Dolores había entrado a la tienda de la estación y ya regresaba con un paquete de cigarrillos. Me besó en la boca y cruzamos la calle en dirección al bar por entre los ríos de gente, a la vez que sentía su pequeña mano entrando en el bolsillo de mi chaqueta, donde yo tenía una de las mías.

Saludé al hombre de la entrada, quien amable me devolvió el saludo. Subimos por una escalera de medio caracol que llevaba a un espacio con mesas, sillas de cine, iluminado por una tenue luz azul. Era temprano, por lo que el sitio estaba casi vacío. Nos sentamos en una mesa junto a uno de los grandes ventanales que daban a la carrera séptima. Desde allí se veían las filas de carros. Recordé noches en las que me había dedicado a ver esas filas, imaginando las vidas de sus ocupantes para no tener que preocuparme en pensar en mi propia vida. Una de las meseras nos tomó la orden sonriendo: Martín pidió una cerveza, Dolores un Tom Collins y yo una mezcla de todos los tragos y colorantes mezclados en un vaso tan grande como una pecera, adornado con una sombrillita. Dolores me miró severa desde sus ojos vacíos. Prendimos cigarrillos. Llegaron los tragos y brindamos por el reencuentro y por un buen año. Yo brindé en silencio con León, quien me envidió la vida y la posibilidad de una nueva borrachera, aunque él hubiera preferido un aguardiente. Estar frente a la pecera que tenía por vaso me relajaba, hacía que la Voz se volviera ininteligible, aunque sabía que me estaba informando acerca de cuán divertidos se veían hablando Dolores y Martín, cuán bellos eran ambos, cuán invisible me hacían. Le dije a la Voz que me parecía grato volver a ser invisible y así poder sumergirme en mi pecera etílica, la cual me permitía otear todos los mundos como si fuera un embebido *guppy* (*Poecilia reticulata*) pintado de llamativas manchas azules y naranjas, que se pegaba a las paredes de su mundo inundado a contemplar la inmensidad distorsionada del afuera. Salté de mi pecera, como el *guppy* inquieto que también podía ser, lejos de mi Trinidad natal, fui a la barra, y me quedé en una agradable conversación inane con una de las mujeres de la barra.

Regresé a la mesa donde Dolores y Martín estaban enfrascados en una aburrida conversación para mí, sobre sueños y drogas. El lirismo nacido de la envidia, que navegaba mi cabeza, me impedía participar de la conversación. No parecía existir para ellos. Reconocí el brillo acuoso en los ojos de Dolores y me llené de asco. Escuché su conversación por un rato y ambos me dieron asco. Hablaban sobre estas cosas para parecer intrépidos e interesantes el uno para el otro, ritual de apareamiento en el que tantas veces yo había caído. Pensé que estos ritos eran como el amor, sólo divertido para quien lo vive. Comentaban exaltados sus experiencias sin realmente oírse el uno al otro, esperando sus respectivos turnos de intervención, yendo de una habitación a otra en sus recuerdos, al tiempo que le imprimían el mismo dejo de conocedores del mundo y ganadores de mil batallas que tanto me había irritado de Martín horas atrás cuando estábamos en su casa. Sentí que estaba sentado con dos petulantes Cristo y Buda, lascivamente orgullosos de sus religiones.

—¿Por qué no hablas? —me preguntó Dolores, de repente molesta. Comenzaba a lanzarme esas horribles atarrayas de las que tanto había escuchado y visto en otras personas, y de las que había escapado como quien huye de la peste.

—No sé. Me aburro un poco —respondí como un marido que no aguanta más a su esposa después de siete años de infeliz matrimonio.

—Todo te aburre ¿no? —vomitó Dolores, sibilina.

—Casi todo —respondí.

—Bueno ya, tranquilos —sermoneó Martín desde su púlpito.

Pedí otros tres tragos. El sitio estaba a reventar y fue mejor que nos levantáramos de la mesa para poder existir. Dolores fue al baño y yo me quedé en silencio con Martín, alumnos nuevos en su primer día de colegio. Segundos después Martín fue también a los baños. La Voz entonces venía en imágenes también, y gracias a una sofisticada tecnología, me permitió ver a Dolores y a Martín fornicando como mulos sobre los orinales, al tiempo que mi antiguo amigo soplaba montañas de cocaína sobre las palpitantes tetas de mi nuevo amor. Deseé, como nadie nunca ha deseado algo, cambiar mi vida, ser el gorila de Borneo que entonces bailaba poseso una canción de salsa con la pálida morena, o ser la hiperbórea rubia que saboreaba todas las miradas. Sentí un golpecito en el hombro: era Liliana, a quien no había visto en meses, y quien me saludó con un beso en la boca. Desde mi ira pensé que habían dado licencia en todos los burdeles, pero sólo le pude decir que me alegraba verla. Dolores llegó de los baños, leona que sabe cuidar de su territorio, y me dio un largo beso en la boca que me dejó el amargo sabor de los polvos blancos. "Son tan reales los presentimientos", afirmó la imagen holográfica de Felipe, quien se había materializado encima de una mesa que tenía enfrente de mí. Presenté a Liliana y a Dolores. Lili me guiñó un ojo y me dijo al oído que nos veíamos muy bien juntos, como una tía gorda, feliz de ver cómo ha crecido el hijo de su hermana. Se despidió de nosotros luego de decirme que había pensado mucho en mí. Me quería desde su extraña forma del cariño. Sentí mi querido dolor de mundo, agravado por las palabras "Te quiero", dichas también sinceramente por Dolores, quien me abrazó con fuerza, para segundos después salir corriendo a saludar a uno de sus modernos amigos de la universidad. Mi añorado dolor de mundo no alcanzó a florecer en todo su esplendor. Me sentí imbécil. Luego llegó Martín.

Nos quedamos en silencio en medio del bullicio de la gente. Él sentía mi incomodidad, por lo que intentó matizar las cosas preguntándome por Liliana. Le respondí que sólo habíamos cruzado unas palabras. Luego me dijo algo sobre la experiencia, no sé si refiriéndose a la agitada vida sexual de mi amiga, el hecho es que le respondí, sin saber si realmente estaba contestando a su comentario, que, por regla general, la experiencia significaba para mí siempre algo desagradable y contrapuesto al encanto y la inocencia de las ilusiones. Martín me miró a los ojos extrañado y sonriente, y yo no pude evitar reírme también. Busqué a Dolores, quien seguía hablando con su amigo. Fui a buscar otro par de tragos a la barra. El gorila de Borneo estaba sentado, sudando al lado de sus colegas. Parecía sereno, tranquilo. Nos miramos a los ojos, me sonrió y me levantó su copa. Al verle sus ojos vidriosos, prontamente violentos, supe que también él estaba solo. Recibí mis dos cervezas, necesarias para calmar los ánimos, y le devolví el saludo al gorila, levantando una de las botellas.

Regresé donde Martín quien miraba en la lejanía a Dolores. Le di una de las cervezas, y fue al ver cómo tomaba el primer trago que volví a escuchar nítidamente a la Voz. "¡Confróntalo!", me ordenaba la Voz. "Pregúntale si estuvo con ella. Pregúntale si la cabalgó por horas. Si la lamió. Si usó condones. Si ella le pidió que usara uno, o si sólo te lo dice a ti. Tienes que saber la verdad. Sólo la verdad libera. Pregúntale si gimió. Si le pidió que la penetrara por todos sus orificios. Tienes que saber", seguía la Voz, lacerándome. Ya le había quitado toda la etiqueta a mi botella, cuando sentí que León se unía a la Voz. La Voz me decía: "Tienes que saber la verdad", y León complementaba: "Para echar a rodar la bola...", aunque quizás él estaba delirando sobre el mundo que tenía en los dedos Carlomagno, o yo ya no podía discernir nada, perdido como estaba en los oscuros laberintos de los celos, horrible sentimiento que había descubierto por primera vez, país del que no se sale más. Al ver la cara de Martín, quien me observaba como un entomólogo sorprendido por el descubrimiento de un nuevo insecto venenoso, temí que otra vez hubiera estado pensando en voz alta, aunque mi temor era infundado: la parte más honesta y cruda de mi ser habría deseado que Martín lo hubiera escuchado todo, para evitarme así el bochorno de llevar a cabo escenas de tristes telenovelas latinoamericanas. Le dije a León, íntimamente y utilizando sus palabras, que yo también quisiera tener "dos huequecillos minúsculos en las sienes, por donde se me fugaran, en gríseas podres, toda la hartura, todo el fastidio y todo el horror que almaceno en mis odres". Y al decir esto, mi rabia se fundió en un extraño pero simple conocimiento del mundo, una trémula tranquilidad me embargó, por lo que le pregunté a Martín, volviendo de nuevo a ese otro momento de nuestra historia en el que éramos dos hermanos que nos lo contábamos todo, si había estado con Dolores en un plano más físico.

Martín me miró impertérrito, me dio su sonrisa del lado izquierdo de la boca, para luego preguntarme si me pasaba algo. También sonreí, sabiendo lo evidente de mi ridiculez, para volver a atacar por segunda vez. "Tienes que saber la verdad". Martín me dijo que me calmara.

—Estoy calmado —contesté, aunque en verdad me hubiera gustado cruzarle la cara con un par de bofetones aristocráticos—. Sólo quiero saber la verdad —dije finalmente.

Martín, al ver mi desasosiego, me miró a los ojos, y como el buen Padrino que era, me dio un sonoro y seco "No", el cual sonó bastante sincero en mis oídos preparados para escuchar una afirmación. En la lejanía ladró un perro, que en otro momento de la historia había sido un gallo, aunque yo no era el Hijo de Dios.

El bar estaba cerrando y entonces se acercaba una borracha Dolores a decirnos que siguiéramos la fiesta. La respuesta de Martín me había dejado vacío. Quizá mi ociosa vida anhelaba sin aceptarlo que Dolores sí hubiera estado con Martín. Salimos del bar y ella seguía insistiendo. Martín dijo que a él le daba igual ir o no. Yo, aburrido y aburridor, dije que ellos podían ir. Yo me iba a casa. Hubo un forcejeo verbal por parte de Dolores, quien me pedía que fuéramos sólo un ratico. Dijo sonriendo que la culpa era mía por haberla sacado de fiesta.

—Yo me quería quedar en tu casa pero ahora estoy borracha y con ganas de seguirla —dijo ronroneando al tiempo que se desgonzaba en mis brazos. "Seguirla", que palabra aterradora utilizaba, comentó la Voz. Le repetí que ella podía ir si quería, intentando sonar tranquilo y desprendido, casi logrando el tono de Martín en los púlpitos.

Una parte de mí quería con fuerzas que ella se fuera, para así poderme ir solo a dar lástima al lado de mi olivo, y así facilitar el desenvolvimiento de traiciones venideras que traerían tragedias deliciosas a mi vida. Bailar un balletcito con la muerte. Pero Dolores dijo que no se iba a ninguna parte sin mí. Martín sonrió y dijo que nos llevaba. "Gracias, don Martín", respondió la Voz.

Llegamos a casa. Martín me dio un abrazo y Dolores le dio un beso muy cercano a los labios, el cual no le pasó desapercibido a la Voz. Martín se fue arqueando las cejas, cansado y pensativo, enamorado sin remedio. Dolores se tambaleaba y reía diciendo incoherencias al tiempo que se aferraba a mí. Subimos al apartamento y comenzamos a besarnos, primero lentamente y luego con más brío. Fuimos a mi habitación y pasados los preliminares, el recuerdo que tengo en mi cabeza empañada por el alcohol de varios años sin tregua, es tener a Dolores encima de mí, moviéndose con lentitud y sabiduría, yo aferrándome a sus caderas como un viejo a su caminador, sus senos pegados a mi pecho, sus deliciosos gemidos sin excesos. Tuve una alegría como no recordaba haber tenido en la vida, alegría que fue rápidamente deshidratada por la Voz la cual me pedía que fuera a las fuentes y encarara la verdad. "Seguro que cuando estaba encima tuyo pensaba en Martín. Tienes que saber la verdad".

—¿Te gusta Martín? —pregunté, a lo que ella respondió:

—No físicamente. Me cae bien. Es tu amigo.

La Voz ladró varias cosas que preferí pasar por alto. Luego, poseído por un instinto que no reconocía como mío, le pregunté si había tirado con Martín el día que se habían tomado las cervezas. Se quedó callada unos instantes que sentí como eternos. "La atrapaste", saltó triunfal la Voz. Se paró de la cama y comenzó a recoger su ropa. Por unos segundos pensé que realmente se iba y me llené de miedo. La verdad puede dejarnos solos. La retuve y le dije que no quería que se fuera. Me empujó sobre la cama. Luego me miró, y sus ojos estuvieron llenos, por primera vez desde que la conocí, de ira y tristeza. Sonreí y le volví a preguntar si había estado con Martín. Lo negó con la cabeza.

—¿Qué te pasa? —preguntó simulando un sollozo. Le dije otra vez desde los púlpitos que no me importaba si lo había hecho o no, que sólo quería saber la verdad. Lo negó por horas, mientras yo seguía con la salmodia del hombre celoso que promete no enfadarse porque lo único que quiere conocer son los hechos. Utilicé todas las tácticas posibles de convencimiento, esperando escuchar la confirmación de mis dudas. Le dije que Martín ya había confesado pero que entonces quería escucharlo de ella, cosa que la Voz admiró, feliz de ver cómo el aprendiz superaba al maestro. Dolores se había quedado en silencio desde hacía un buen rato, y sólo miraba asustada. Abominé a la Voz por haberme llevado a ese punto.

Pensé en todo lo que éramos: personas caprichosas, incapaces de entregarnos sin esperar algo a cambio. ¿De qué me serviría obligarla a aceptar que había estado con Martín? Seguía siendo el mismo niño malcriado que siempre quería tener la razón. Debí haberme quedado solo. Sentí asco de todo: del espectáculo que estaba dando, de obligarla a decirme lo que no quería decir. Estaba a punto de abrazar a Dolores e implorarle que me perdonara, que olvidáramos las últimas dos horas, horas que nunca existieron, cuando ella se volteó a mirarme, fijó sus dos vacíos en mis ojos y me dijo que sí había estado con Martín. Y sí, entonces dijo sí.

SEGUNDA PARTE

Un home run que llega a la Luna

Después de décadas de silencio, sale a la luz el misterio de la frase guardada por Neil Armstrong, comandante de la Misión Lunar Apolo 11, que por poco desata la tercera guerra mundial.

BUENA SUERTE, MÍSTER GORSKY

Por Aníbal Roca

El 20 de julio de 1969, a las 20:55, tiempo de México, el comandante de la tripulación de la misión Apolo 11, Neil Armstrong, balanceó su pie en el vacío, antes de plantarlo en la superficie del suelo lunar, en la región conocida como: El Mar de la Tranquilidad, luego de haber dicho la frase que lo llevaría a la inmortalidad: "Un pequeño paso para el hombre, pero un gran salto para la humanidad".

La misión Apolo 11 había sido un éxito, después de varias otras misiones Apolo fracasadas. Para llevar a cabo esta colosal hazaña, se había utilizado un cohete con una altura superior a los 85 metros y un diámetro de 13 metros, que transportaba tanto el conjunto integrado por el módulo de mando y servicio llamado Columbia, como el módulo de alunizaje, llamado Eagle. Además del comandante Armstrong, la tripulación contaba con el teniente coronel Michael Collins, piloto del módulo de mando, y el coronel Edwin E. Aldrin, encargado de pilotear el módulo lunar. El 21 de julio, "Buzz" Aldrin siguió a su comandante sin titubear, quince minutos después de que éste tocara el suelo selenita, saltando como un canguro.

El alunizaje había ocurrido un día antes sobre el duro suelo lunar: el módulo Eagle, de 16 toneladas, sólo se hundió 3 centímetros. Tras el descenso, el comandante Armstrong, de 39 años de edad, tuvo la impresión de notar los particulares contrastes de la luz que se presentan en el satélite, a la vez de sentir cómo sus pies se hundían aproximadamente un centímetro en la superficie tras ver su reflejo en la visera del casco de su compañero. Desplazarse por la Luna les pareció muchísimo más fácil que durante los simulacros llevados a cabo en la Tierra.

Precavidos, el comandante de la expedición y su compañero recogieron rápidamente 21 kilos de elementos lunares, las primeras muestras del satélite que vinieron a nuestro planeta para su posterior estudio. Eran muestras de piedra y basalto de 3,7 billones de años de antigüedad. Desplegaron la bandera de Estados Unidos, instalaron varios aparatos científicos y dejaron una placa grabada con los nombres de los astronautas y las palabras del presidente Nixon: "Aquí pusieron sus pies los hombres de la Tierra en julio de 1969. Hemos venido en son de paz de parte de la humanidad", palabras que aún se encuentran allí, frías y solemnes.

Los astronautas Armstrong y Aldrin permanecieron sobre la superficie lunar 2 horas y 15 minutos, en comunicación constante con la Tierra. Luego regresaron al Eagle, heroicos, y se prepararon para su triunfal retorno a nuestro planeta, el 24 de julio. Antes de ingresar de nuevo al módulo, Neil dio un último vistazo a la Luna, y dijo, casi imperceptiblemente, una frase final, que en medio de la Guerra Fría no pasó sin ser notada por los servicios de seguridad de ambos bandos. La frase era simple: "Buena suerte, míster Gorsky".

Cuando llegaron a la Tierra, los nuevos Cristóbal Colón de nuestro tiempo, fueron recibidos como héroes. El sueño milenario de los hombres había tenido un feliz término. Sin embargo, la frase musitada por el comandante Armstrong daría tema de qué hablar. Los servicios de espionaje y contraespionaje, tanto de Estados Unidos como de la Unión Soviética, comenzaron una feroz búsqueda de información en torno a la críptica declaración del héroe mundial. Temían que fuera un mensaje cifrado en un código secreto, o un llamado al enemigo que desencadenaría una guerra nuclear, la tercera guerra mundial. Pero ninguno de los bandos recibió respuesta. Tampoco había existido un anterior astronauta o un científico lunar con el nombre de Gorsky, en el caso de que Armstrong hubiera querido rendir un homenaje. Finalmente, los servicios secretos interrogaron al mismo Armstrong acerca de su declaración, a lo que éste contestó, con su tranquila voz de hombre amante de los campos, que era un asunto de su vida personal sobre el que no podía ni iba a dar ninguna explicación, ya que la persona de quien hablaba aún estaba con vida. Los agentes secretos dejaron la investigación y el comandante

Armstrong fue nombrado responsable de las actividades aeronáuticas de la NASA, organización que abandonó para dedicarse a la docencia como catedrático en la Universidad de Cincinnati, donde enseñó hasta el año de 1974.

Durante su etapa docente y años después como conferencista, fue preguntado en numerosas ocasiones por el significado de esta frase, a lo que siempre respondió con la misma negación. Cansado del mundo académico y de los ataques inquisitoriales de los periodistas, decidió refugiarse en una granja en Lebanon, Ohio, donde aún hoy vive una vida sin complicaciones, y desde donde ve cada tanto a su querida Luna.

El 5 de julio de 1995 fue invitado a dar una conferencia en Tampa Bay, Florida, sobre aeronáutica e ingeniería aeroespacial. El tema Gorsky, después de 26 años, se había enfriado. Sin embargo, después de la conferencia, durante la rueda de prensa, un periodista novato volvió a la carga, intentando develar el misterio. Neil Armstrong sonrió complacido, secretamente a la espera de que alguien le permitiera sacar a la luz su secreto guardado por más de dos décadas.

Un reto para Neil

Neil Alden Armstrong nació el 5 de agosto de 1930, en la granja de su abuelo en Wapakoneta, Ohio, Estados Unidos. Un Ford trimotor, apodado el "Tin Goose" (El ganso de hojalata), fue la primera nave a la que ascendió, a la edad de 6 años. A los 15, Neil empezó sus clases de aviación, por las que pagaba 9 dólares la hora. El deseo de volar, y en particular de pilotear el "Aeronca

Champion", lo llevó a emplearse en varios lugares, y así, a los 16 años, tenía ya su licencia de vuelo.

Por esta época, unos años antes quizás, el joven futuro héroe dedicaba las tardes estivales a otra de sus pasiones: el béisbol. Acompañado de su hermano y otro amigo, jugaban a lanzarse bolas en el patio trasero de su casa de los suburbios. Neil era un buen jugador, pero nunca había tenido la oportunidad de conectar un *home run*.

Le tocó su turno al bate. El sol estaba alto y hacía mucho calor. Su hermano le lanzó dos bolas que no pudo batear. Era su último intento. Vio acercarse la bola final, como años después vería a la Luna a la que se dirigiría: lentamente. Sonó un batazo seco y por primera vez en su vida, en medio de las ovaciones del escaso público, el joven Neil conoció la victoria: había conectado un hermoso *home run*, el cual se perdió, primero en el sol y luego en el jardín trasero de la casa de sus nuevos vecinos, los Gorsky.

Neil saltó la cerca divisoria entre las dos casas y se puso a buscar su gloriosa pelota. Mientras buscaba, vio por el ventanal de la casa de los Gorsky que la pareja de recién casados estaba teniendo una discusión. Neil se acercó sin ser visto a la ventana, curioso de lo que ocurría. Rápidamente supo que la discusión giraba en torno a un tema sexual. Se avergonzó y pensó retirarse cuando finalmente había encontrado la bola, pero sus adolescentes hormonas se lo impidieron. Levantó la cabeza y vio a un apuesto señor Gorsky, peinado hacia atrás y con bigotillo, que manoteaba febril en el aire. La bella señora Gorsky lo miraba molesta, sentada sobre una de las sillas del comedor, al tiempo que negaba con la cabeza y se abanicaba con una revista de variedades. Neil se concentró en los argumentos del señor Gorsky, que cada vez más airadamente le exigía a su esposa, como prueba de su amor y para que él finalmente pudiera sentirse como un hombre cabal, que ésta le concediera una *fellatio*, aunque fuera por unos breves segundos. Neil, como buen adolescente, ya conocía todos los sinónimos posibles para esta "práctica sexual consistente en estimular el pene con la boca". Se sonrió y miró a la señora Gorsky quien, cansada, seguía negando con la cabeza y abanicándose con la revista. El señor Gorsky, desencajado, seguía a la carga, minuto a minuto. Finalmente, su esposa enervada se paró de la silla después de lanzarle sin éxito la revista de variedades al señor Gorsky. Rumbo a la cocina, la mujer se detuvo, hermosa y acalorada, al tiempo que señalaba con el dedo a su marido y le decía lacónicamente, en el año de finales de la guerra de 1944 o 1945: "El día que nuestro vecinito Armstrong llegue a la Luna, ese día tendrás lo que quieres".

UNO

Tiempo atrás, sumergido no sin cierto agrado en una vida a veces innecesariamente lastimera, sentía que mi corazón siempre había estado en un país que no existía o que era la mezcla de los sitios que había querido conocer, de las canciones que había querido escuchar. Decidido a reinventar mi vida, siento que ese músculo, del tamaño de mi puño, si bien algo mellado, está finalmente aquí conmigo, dentro del pecho, enviando señales cifradas entre latidos, pálpitos que en definitiva quisiera traducir. Es una sensación extraña pero placentera. Las canciones continúan sonando en mi cabeza, sigo hablando con los muertos queridos y he comenzado a conocer los sitios y los bares (todavía en busca de un soñado paraíso etílico) que había querido conocer.

Dejé de ver a Dolores aun cuando seguíamos sosteniendo esa suerte de comunicación intermitente que guardamos con escasas personas del pasado, vínculo que nos es útil para medir el tiempo que nos advierte de su paso. Parte de mi deseo de reinventarme significó dejar atrás a Bogotá, darle por hogar Barcelona a mi autoexilio, ciudad con vista al mar a la que llegamos hace unos meses mi olivo y yo.

Poco después de nuestra llegada y viendo los asombrosos cambios en el follaje de mi amigo, pequeñas variables sincronizadas al unísono con mis estados anímicos, decidí que mi arbolito era el recipiente en el que se vertían todas las posibilidades de mi existencia: si lo encontraba triste, hojicaído, sabía que él entendía que mi día había sido una pérdida sin convicción. Ocurría lo contrario si lo veía vivo y brillante. Empecé a reconocerlo como una suerte de termómetro anímico que recomienda la ropa que debo llevar en mi interior: si lo veo radiante, frondoso, sé que voy a tener un buen día, un día que vale la pena ser encarado, y salgo a la calle, decidido el paso, molestamente feliz para otros transeúntes que no tienen un compañero de batallas como el mío. Procuro mantener una buena disposición hacia el mundo, señal de ello es la belleza de mi bonsái por estos días.

Vivimos en un apartamento del Casco Antiguo de Barcelona desde donde se escuchan las campanas de Santa María del Mar, sobria basílica construida por pescadores. Por las noches nos acompañan las gaviotas que atraviesan el cielo como flechas blancas con sus graznidos tenebrosos, casi infantiles, el sexual zureo de las palomas y los reclamos de las hordas de turistas que nunca se detienen pero tampoco avanzan.

Hoy me siento particularmente bondadoso y feliz. Cumplí uno de los mayores sueños de mi compañero: lo llevé a conocer el mar. Nos sentamos en la playa por un buen rato, temprano en la mañana, dejándonos arrullar por la brisa marina y dejando que nuestros

ojos se perdieran en la inmensidad de ese viejo ne-
blinoso, el Mediterráneo. La escena me produjo una
trepidación interior, me hizo sensible, palabra que
me recordó un libro de J. D. Salinger, quien pronto
será uno de mis queridos muertos, y quien hace unas
noches, cuando lo leía en un bar en el que dos bellas
muchachas jugaban a los dados detrás de la barra (verlas jugar era tan deleitable), me comentó que alguien
sensible es "aquel quien pone más ternura a las cosas
que la que tuvo Dios al crearlas". No pudimos dejar
de verlas jugar por un buen rato, casi hasta la hora
del cierre. Esa ternura que sentimos mi amigo Jerome
y yo esa noche de martes lluvioso, fue la misma que
siento hoy acompañado de mi olivo, frente al viejo
mar Mediterráneo, lejos de casa, intentando sobrepo-
nerme a la adversidad de mi propia naturaleza, por lo
que dejo que mis ojos se cierren, a la vez que siento
cómo el viento me acaricia la cara.

Regresamos a casa y en el buzón del correo encuentro la tercera devolución de mi artículo sobre
Gorsky. La revista no está interesada por encontrarlo
demasiado largo, poco periodístico, en exceso lírico
y probablemente inventado. Acompañando esta información hay una nota de mi antiguo jefe quien me
recomienda concentrar mis esfuerzos en la escritura
de páginas gastronómicas. No había querido recor-
tar nada del artículo, no por vanidad o por creerlo
logrado, sino porque me parecía una historia que de
alguna manera estaba ligada a mi vida, en particular
a mi vida sentimental.

Boto la carta de rechazo en la papelera y miro de soslayo a mi olivo. Nos ponemos a escuchar indiscretamente a la pareja de argentinos del apartamento de al lado que no paran de pelear. Pelean, tiran, vuelven a pelear. Horrible vida de pareja que ya no se tolera. A veces, cuando las peleas suben de tono y comienzan a lanzarse cosas y a gritar palabras de las que luego seguro se arrepentirán, pienso que sería bueno tener un sofisticado instrumento tecnológico, que contara con dos diodos que fueran a las sienes de cada uno de mis vecinos y a los que yo mandaría impulsos eléctricos desde un control central donde tendría guardados en microsegundos los fatigosos momentos de peleas con Dolores, sólo los momentos de horribles e insulsas peleas, pequeños pero certeros electrochoques que durarían sólo unos segundos, que compendiarían todo nuestro pobre drama y que les harían entender lo ridículo de sus actuaciones. Ella dejaría de gritar al instante, él me consideraría un iluminado, y vivirían en armonía por siempre. Pero a falta de tales aparatos geniales dejo que destrocen su casa al tiempo que me cubro de cobijas, todavía de mañana e inexplicablemente feliz, y me detengo en el placer de tener una cama doble para mí solo, comida de sobra en la nevera y una pila de libros amigos en mi mesita de noche, con quienes hablaré en las interminables horas de mi insomnio, en esas noches que siguen siendo la noche, pero que ahora brillan con titilantes puntitos blancos, fogatas de otros pueblos perdidos en el espacio.

Tras un par de horas de sueño cerrado, despierto con el grito operístico de un pakistaní vendedor de pipetas de gas butano, quien ahora vuelve a hacer su aleatoria ronda, bien distinta a la del viejo de la lotería, mientras golpea como cencerros las bombonas. Abro las cortinas y veo que el sol brilla en el cielo. El termómetro indica 13 °C. En las noticias veo que en Copenhague la temperatura es de -16 °C, información que ratifica mi no extrañeza ante el hecho de que los daneses piensen que pueden ahuyentar a los traficantes de droga en la salida de las estaciones del tren poniendo arias de ópera. Temo por Juan y mamá al enterarme de otras malas noticias sobre Colombia, más bombas, por lo que me embarga una aflicción instantánea al pensar en mi país, y aún más, minutos después, mientras preparo unos huevos con maíz y tocineta y exprimo un jugo de naranja, al reconocer lo pronto que esta noticia ha caído en mi olvido. Le sirvo agua fría a mi amigo. Un poco de humus de lombriz alrededor del tronco. Le arranco unas hojitas a pellizcos como me había enseñado mamá. Se ve bien: mi día será bueno.

Voy a mi escritorio. Prendo un cigarrillo, le doy vueltas a la manivela de una cajita de música que tiene el tema principal de *El padrino*: primero acelero, luego lo hago muy despacio, hasta que alcanzo su justo nivel de tristeza, y la vuelvo a dejar sobre la mesa. Abro una de las gavetas. Saco papeles, facturas, inicios de historias sin futuro, revistas, y finalmente en una de ellas hojeo un artículo de Felipe sobre el exorcismo en Colombia. En éste, un sacerdote afirma que la relevancia de esta práctica religiosa en los tiempos modernos es la misma que antaño: expulsar los espíritus malignos del cuerpo de una persona, mediante imprecaciones hechas contra el demonio, según fórmulas de la Iglesia. Pongo la revista encima de la mesa y del fondo del cajón saco una foto en la que estoy con Dolores en alguna de las playas de Palomino, al norte de Santa Marta. Estamos tumbados boca abajo en la arena. Dolores tiene una pañoleta verde y amarilla anudada en la cabeza y está dando un gritito porque una ola le ha mojado los pies. Yo la miro sonriendo. Parecemos felices. Escondo la foto entre los papeles. Miro al techo intentando poner en blanco mi cabeza, pero no puedo. Dolores vuelve a estar aquí conmigo después del tiempo, por lo que no puedo evitar pensar que la distancia es una pura formalidad de la que la mente, en realidad, no se entera.

Siento cansancio, el mismo que he estado sintiendo desde que nos separamos y en tantos momentos de nuestra vida juntos. La revista con el artículo de Felipe está a un palmo de mi mano. En la portada hay una réplica del afiche publicitario de *El exorcista*: entre las sombras iluminadas por farolas, un sacerdote con gabardina y sombrero espera ante el umbral de la casa donde el demonio aguarda, y esa visión simbólica del mundo en la que creen los cabalistas vuelve a hablarme, se hace visible, y aquello por tanto tiempo negado y escondido sale a la luz, lo inefable se vuelve imagen, y al ver esta hoja de papel en apariencia inofensiva, entiendo que esa realidad más profunda que mi ser anhela develar, el descubrimiento de un

personal nombre secreto de Dios (pues todo lo
creado y todo lo hablado procede de un nombre), el
salvoconducto para comprender los misterios de mi
creación y destrucción en el amor, consiste en tomar
apuntes mentales, hacer pequeñas anotaciones con-
fesionales acerca de mi tiempo junto a Dolores, ese
mullido calvario de algodón, calvario que se arremo-
lina y acumula, ensombreciendo el horizonte, y al que
ahora debo hacer frente tras la evasión, liberando los
perros de la guerra.

ESTACIÓN PRIMERA
ES CONDENADO A MUERTE

Cuando supe que Dolores había estado con Martín, no sólo una sino numerosas veces en los días siguientes, no a causa de un desliz etílico sino de un deseo que los poseía, sentí que mi manera de ver el mundo se había quebrado. Fue uno de los mensajes de la vejez que entonces me llamaba a gritos. Acepté tener lacerantes voces en mi cabeza, haciendo las preguntas que el bondadoso y el inocente no se atreven a plantear. Esas preguntas fueron los emisarios del miedo y del desengaño enviados por el dios borracho que vela por mí. Dijo sí, Dolores dijo sí, y no sentí dolor ni pena, sólo un vacío. Dijo sí y no la dejé. No podía hacerlo, no después de unos meses inesperados en los que me había dejado salir de mí, no en ese entonces en el que respiraba por su piel y veía a través de sus ojos.

Yo también lloré, pero mi llanto era teatral, un llanto de cortesana mancillada por los años, a quien se le corre el maquillaje cuando se ve en el espejo de su habitación, gorda y derrotada, sólo graciosa para sí misma. Lloré porque tenía que llorar, aunque bien habría podido reír. La Voz gritaba desorbitada en mi interior que llevara a cabo descarnadas venganzas latinas, que hiciera uso de la fuerza y el orgullo, del honor nunca tenido. Pero la visión de Dolores, mi nuevo dolor de mundo, llorando y penitente, me impidió continuar con los deseos de la Voz. Me paré de la cama y fui a la cocina a servirme un trago, como si fuera un submarinista que sabe que va a morir dentro de su ballena de hierro, o un barón de Munchausen sin salvador rapé que espera a la muerte mientras juega a los naipes.

Dolores venía lapada a mí, prófuga de la justicia que siente que sólo tiene un lugar en el mundo donde esconderse. Quería estar solo pero ella no me soltaba, sabiendo desde nuestro fatal desconocimiento que yo sería el contradictorio pero firme pilar que la sostendría en su adversidad.

Era verdad que yo había estado viendo a una muchacha con quien nada había pasado, salvo un par de miradas después de los tragos y algunos comentarios, un par de besos torpes, pero todo partía de mi deseo de encontrar a alguien a quien amar, o al menos eso quise explicarme en ese entonces en el que me sentía magnífico porque dos muchachas bellas parecían haberse interesado en mí y soñaba que mi esperada vida amorosa había por fin comenzado. Tras la llegada de Dolores, quien dijo sí, no volví a ver a esa muchacha, la cual supo asustar mi lado siempre amante de la decencia y la delicadeza con sus fotos de la infancia y sus manos de lavandera, tuve que evitarla por teléfono y escuchar sus pregones y demandas con las disculpas del ladrón y del idiota, hasta que, altiva y femenina, buscó otros horizontes más prometedores y menos prejuiciosos.

No podía imaginar a Martín diciéndole a Dolores que yo había estado con otras mujeres. No mi Martín de todas las batallas, mi siempre verdadero Martín, quien si bien me había sido infiel, jamás me habría sido desleal. Sentí el corte fino de la traición, corte sin sangre pero mortal, en la nuca de mi orgullo. Mi interior me hacía saber que debían existir circunstancias atenuantes para esta afirmación dolorosa: mi gran amigo de la infancia compartida haciendo uso de biliosas tretas para poseer a la mujer de mis ensueños. La Voz me incitó a llamar a Martín para invitarlo a almorzar, ir siempre a las fuentes. Miré a Dolores receloso, conciente de las mentiras del mundo en este tiempo de asesinos, pero mi temor a la soledad hizo que, tras las primeras distancias llenas de un ficticio orgullo ramplón, mi cansancio cediera a las caricias de Dolores, quien me prometía que nada de esto volvería a ocurrir si la perdonaba. Decidí creerle, mi temor a la soledad me hizo creerle, o quizás el dios borracho decidió por mí, emocionado de ver nuevos tableros insospechados en los que jugar, y me senté en mi sofá de terciopelo a acariciarle la espalda a Dolores, quien estaba sentada en mis piernas, besándome los labios y la cara. Y éste en apariencia amoroso gesto indulgente, significó la aceptación sin precauciones de mi sentencia, de esa nueva realidad que inundaría mi futuro como a una represa imperfecta por donde se cuela el agua, y que nombraría, como en una condena a muerte, mis siguientes años, inducidos en gran parte por una insolencia perezosa. Todavía no sentía dolor ni tristeza, sólo un calmado y aturdido conocimiento del mundo que me hacía sentir magnánimo y compasivo, generoso y redentor a un tiempo. Me paré a llamar a Martín quien, alegre por la invitación, dijo que no tardaría.

ESTACIÓN SEGUNDA
CARGA LA CRUZ

Esa mañana de enero bajé a esperar a Martín en las escaleras del edificio. Esperé unos minutos hasta que llegó sonriente, prendiendo la sirena de ambulancia de su brioso corcel. Me detuve más de lo usual en nuestro ritual abrazo de hermanos, tal vez deseando que el mundo nos olvidara, o al menos yo queriendo que lo hiciera conmigo, para así vivir la felicidad de una vida sin memoria y sin sentimientos encontrados, lejos de la importancia de las relaciones humanas y de los espejismos del honor. Martín se zafó de mi innecesario abrazo y preguntó si me sentía bien. Mi orgullo de gelatina y la imposibilidad de quedar en evidencia lastimera frente a él me impidieron quebrarme. "Dile que lo sabes todo", demandó la Voz. No acepté su propuesta de inmediato, probablemente queriendo que creciera mi aflicción unos instantes más y así permitir que mi falso martirio se magnificara. "Calla", le dije a esa parte de mi cabeza, pero ella insistió, y yo ya cansado y atontado por las nuevas sustancias que fluían por mi cerebro me dejé guiar, y mientras subíamos las escaleras de la entrada del edificio, le dije a Martín, sonriendo con algo de dramatismo, que sabía lo que él y Dolores habían hecho en la noche de las cervezas.

Sólo Dios sabrá el repaso exhaustivo, matemático, de ideas que cruzaron por la agitada cabeza de mi amigo en ese momento. Se quedó en silencio y sólo pude ver que la prominente vena de sus sienes brotaba como un gusano de tierra tras la lluvia. Sé que intentó darme su sonrisa zurda pero no pudo hacerlo. No intentó negarlo de nuevo.

Nos sentamos en las escaleras a fumar, mientras el sol brillaba sobre nuestras cabezas. Nunca se disculpó, sólo se dijo a sí mismo en voz alta que él sabía que Dolores me lo iba a contar todo, aun cuando se habían prometido no hacerlo. Ella le había dicho que no quería perderme. En verdad quería tenernos a ambos. Dolores nos quería a ambos, solos y como amigos, heredera de esa estirpe de mujeres que sólo pueden tener amigos hombres, de esa raza que tiende a acceder a esas amistades mediante la posesión a través del sexo. La Voz me recomendó intervenir, cortar el mal de raíz, mientras todavía era posible: dejar a Dolores a su suerte y repudiar a mi amigo, hacerlo postrarse ante mí para pedir perdón y que así yo, imperial y magnánimo, lo disculpara. Pero no lo hice. Los quería demasiado a ambos, a Martín por los años y a Dolores por lo desconocido. Secreta y mezquinamente los perdoné sin nunca hacerlo audible, decidí cargar con la basura de sus actos, los volví míos, los puse sobre mi hombro, mi vanidad prefirió hacer de mí un mártir cruel, elevado mediante este acto a la condición de sabio redentor, y de esta manera deteniendo el florecimiento de su amor, el cual al menos Martín siempre guardaría y guarda aún. Puse mi mano sobre su hombro, Yo Aníbal cesáreo, y le dije que subiéramos. Los ojos de Martín, llenos de lágrimas que nunca cayeron, me hicieron saber que ambos nos habíamos equivocado. Martín no sabía en qué momento habíamos cambiado: años atrás, en una de esas noches, yo lo había arrastrado por los pies al cuarto de Liliana para que ella lo anotara en su cuaderno de tapas de flores, y entonces Martín no comprendía por qué nuestra bellamente ridícula amistad masculina se dolía y se perdía preocupada en los viejos anillos de la tradición del honor mancillado. Años atrás creíamos estar por encima de ese orden de cosas. No logramos ser la excepción que pensamos encarnar. Éramos sólo dos muchachos que se querían como hermanos, que deseaban amar y salirse de sí mismos. Martín me dijo que prefería no subir y se despidió sin siquiera darme la mano.

Regresé a mi apartamento, donde Dolores me esperaba sentada, aunque yo sabía que había estado mirando por la ventana, sus vacíos ojos mirándome como una niña y claramente complacida por no haber tenido que sufrir una escena, aunque la Voz me hizo saber que le hubiera encantado que Martín y yo nos hubiéramos molido a golpes, vanidosa Helena que disfruta de los duelos y las muertes en su honor. Le tomé una de las manos y le dije que merecíamos dormir un poco.

ESTACIÓN TERCERA
CAE POR PRIMERA VEZ

Guardo en la memoria una de las tardes ociosas en la que calculé el peso exacto, las dimensiones expansibles al infinito, el color y las texturas del madero que por capricho había hecho mío.

Estaba con Dolores en el Salón Escocés del Hotel Tequendama, un bar agradable desde donde se podía ver la inmensidad de esa mole de concreto e imperfección que es Bogotá. Mientras veía por los grandes ventanales las proyecciones de los ríos de cemento y gente, tuve una sensación: yo quería a Bogotá con el extraño cariño que nos hacen sentir los fracasos, las manías, las enfermedades, quería a mi ciudad con el extraño cariño que nos hacen sentir las personas que no nos quieren, como me imagino que me quería Dolores, quien ahora miraba con desgano una revista de moda. Toda la ciudad a mi alrededor, todas las posibilidades de un mundo infinito, reducidas a unas colillas en un cenicero, un par de tazas de café y un silencio agobiante que todo lo demostraba.

No hablábamos con Dolores. Ella miraba su revista, prendía un cigarrillo y comenzaba a fumarlo sin prisa. Era bueno ese silencio, o al menos era mejor que las interminables recriminaciones y vacilaciones sin futuro de los pasados meses. Miraba a Dolores y sentía que no tenía nada que decirle, salvo el mismo repertorio de injurias de carretero, seguidas de un malsano y siempre estúpido acto de contrición de borracho.

Dolores cerró la revista y se quedó mirando al infinito mientras fumaba el cigarrillo recién encendido. Me miró sonriendo y puso su fría mano sobre la mía. Sentí algo profundamente viejo en ese gesto. Le sonreí de vuelta y le apreté la mano, sintiendo un alivio confortante, a la vez que ratificaba mi anterior sensación sobre la vejez, mi vejez de joven asustado que soñaba con todo lo futuro para evitar el presente, presente que parecía negar cualquier futuro.

Un hombre de unos sesenta años con gafas bifocales y chaqueta de *tweed* entró al bar precedido por su perro: un imponente y embarnecido gran danés negro de pecho nevado y labios colgantes. Saludó a la mujer de la barra quien, sin preguntar, sirvió un *whisky* doble para el viejo y una vasija con agua para el perro, que se tiró en posición de esfinge junto a su amo, quien a su vez, comenzaba a leer un periódico. Al ver el perro, Dolores se paró de la mesa. Empezó a hablar con el viejo, quien amablemente le respondía a sus preguntas, sonriendo. Era un hombre mayor pero todavía guardaba una elegante apostura que le hizo dar más vueltas a mi pobre cabeza cansada de ser imaginativa. Luego Dolores se acurrucó junto al perro a acariciarlo y a hablarle en vocecitas. Desprecié al viejo y al perro mientras veía cómo el último botón de mi camisa caía al suelo perdiéndose para siempre. Dolores volvió a la mesa. El perro la seguía, ella daba trotecitos torpes y el perro la seguía. Pensé que si los perros fueran humanos, Dolores tendría un millón de amigos.

Martín no tardaría en llegar. Habíamos quedado a eso de las seis de la tarde en el bar, y ya eran casi las seis y media. Él no perdía ninguna oportunidad en la que pudiera ver a Dolores para incrementar su tragedia personal, y yo no paraba de proporcionarle estas ocasiones para así también aumentar mi martirio, como una mosca sin memoria que no para de golpearse contra las paredes del frasco que la aprisiona. Toda mi vida pasada compartida con Martín me hacía incapaz de odiarlo, pero sabía que algo muy frágil se había roto irreparablemente entre nosotros. Sonó el timbre del ascensor y de allí salió mi amigo, quien saludó a Dolores con un fuerte abrazo detenido, abrazo que hizo que nuevas arcadas subieran a mi garganta. Le acarició la cabeza al complaciente perro tenorio. Luego vino a sentarse a mi lado, después de darme una neutral palmada en la espalda. Dolores regresó a la mesa y yo pedí tres cervezas. "Para no olvidar las buenas costumbres", chilló la Voz, hiriéndome. Cuando brindamos en silencio, recordé a Felipe, a Silvia, y padecí con él el pasado que no habíamos compartido de igual manera. Entonces lo veía todo muy claro: el silencio, la incomodidad, el deseo de fuga, la desidia, el infantil desprecio final por las situaciones de las que nos sentimos presos, el anhelo del débil por la compasión.

Martín comenzó a hablar con Dolores, degustando el lugar del amante siempre fresco, quien sólo recibe los dulzores de la comunión con su amada sin nunca tener que probar la amargura de los llantos y las

tristezas, de las iras y el aburrimiento, de las cotidia-
nidades, aun cuando él no fuera realmente su amante,
eso vendría después. Ella lo escuchaba divertida, feliz
de oír cómo la insultaba, y así pensando que había
alguien que la comprendía en el mundo. Se reía con
ganas de las disecciones que mi amigo hacía sobre su
personalidad, sintiéndose, me imagino, estimulada por
el placer del ataque que llama a posteriores introspec-
ciones. Luego de lo físico y tras el veto impuesto por
mi martirio de fariseo, imaginaba que esta era la única
manera que tenían para decirse que se querían.

Me dolía estar sentado allí, pero mi pereza, que era
lo único capaz de matar mi miedo, me impedía estar en
otra parte. Meses atrás, en el comienzo de mi tiempo
de ensoñación, e incluso en varios momentos de los
últimos meses de mi vida privada con Dolores, yo
tenía la sensación de que ella era una mujer un poco
diferente y mi corazón la tenía en ese lugar reservado
para las personas que nos sustraen de nosotros mismos, del odio hacia nosotros mismos, y nos hacen
pensar que el mundo es un buen lugar en el que se
puede seguir viviendo. Pero al escucharla hablar con
Martín, veía que era exactamente igual a las otras personas en cuanto a las cosas desagradables que tenía
que decir sobre la otra gente, el chismorreo acerca de
sus amigos, todo esto maquillado bajo una máscara de
indiferencia que me hacía ver reflejado en ella.

Los últimos tiempos con Dolores habían sido
buenos: se había mudado de la casa en que vivía, del
hombre con quien vivía, para irse sola a un apartamento que conocería mis odios y excesos, me sentía

extrañamente querido, y esa extrañeza partía de sentirme siempre a gusto con ella, de necesitar su compañía. Los pocos momentos de vigilia en los que no estábamos juntos eran lentos, largos y amargos, pero estando con ella sentía otra clase de amargura, la cual radicaba en pensar que ella compartía su cariño con alguien más, esa locura del apego y la soberbia del narcisismo, del deseo de ser amado por alguien que sabemos que nunca estará allí por nosotros, ambas instancias que, sin saberlo, me alejaban más de su lado.

Dolores dejó mal apagada la colilla de su cigarrillo y se paró a mostrarle algo a Martín desde los ventanales que quedaban al otro extremo del bar. La ciudad se iluminaba y sus arterias se llenaban aún más de las luces rojas y amarillas de los carros, de los sonidos de los pitos, de la sirena silenciosa que llama al final del día laboral. La colilla de Dolores seguía humeando en el cenicero. Martín señalaba algún punto en la inmensidad con su dedo de futuro artrítico y Dolores miraba embelesada esa inmensidad. Pensé que le estaba señalando algún lugar en el que de viejos compartirían la hermosa vergüenza y torpeza de la vejez. El viejo seguía leyendo su periódico, lectura que sólo interrumpía para dar comedidos sorbos a su trago. El gran danés se acercó a mi lado, y yo instintivamente le acaricié la cabeza, aun cuando la Voz me decía que debía haberlo despreciado. El perro descansó su cabeza sobre mi antebrazo soltando un bufido nasal. Lo dejé allí, al tiempo que lo acariciaba detrás de una de sus largas y suaves orejas. Luego se sentó a mi lado, su lengua rosada siempre afuera, y comenzó a darme pequeñas embestidas cariñosas con el morro. No entendía lo que quería. Me ofrecía, primero su pata delantera izquierda, luego la derecha. Algo desesperado, le pregunté al viejo por el nombre del perro. El hombre se bajó sus gafas bifocales, sonrió y dijo con una agradable voz: "Lucca", para luego volver a perderse en su periódico.

Lucca seguía mirándome con sus ojos tristes al tiempo que Martín y Dolores regresaban a la mesa. El perro bostezó desenrollando su lengua, y los tres nos quedamos mirándolo con afecto. Luego Dolores quiso llevarlo a su lado. El viejo dejó el periódico, terminó su *whisky* y silbó dos veces, llamando a su amigo. Lucca se desperezó y fue al encuentro de su amo, meneando la cola. El hombre se despidió de nosotros cuando salía del bar, seguido por su viejo ángel negro de pecho nevado. Dolores me dijo que deberíamos comprar un perro a lo que yo asentí, decidido. Luego volvimos al silencio y yo me paré a la barra a pedir la cuenta.

Mientras esperaba me quedé mirando de nuevo a través de los grandes ventanales, y fue en ese momento que sentí el abrazo de Dolores que había venido a hacerme compañía, y esa cálida presión que sentí en mi espalda dictaminó mi primera caída real en este mundo, vi pedazos de mi ser cayendo para siempre desde el trigésimo piso del Hotel Tequendama, pedazos que me hacían saber que todo era vanidad, vanidad de vanidades como me había dicho un tiempo atrás Salomón el predicador, hijo de David, rey en Jerusalén, cuando no quería comprender lo que me decía, ni su Eclesiastés, pedazos que caían de mi amor soñado y que se estrellaban contra el pavimento, entorpeciendo el tránsito, y que me dejarían desollado, a la busca de una nueva armadura que todos los hombres nos hemos quitado y puesto a través de los tiempos y hasta el fin de los tiempos.

ESTACIÓN CUARTA
SE ENCUENTRA CON SU MADRE

Por entre las persianas de guadua de mi saloncito entraban como franjas los rayos de sol de una tarde luminosa. Las franjas iluminaban los muebles, al bonsái, me iluminaban la ropa, y sus cortes horizontales me daban alguna idea de la reclusión solitaria a la que me había inducido.

Habían pasado días, semanas, meses, años quizás, desde mi tiempo de ensoñación con Dolores, tiempo definitivamente clausurado. Entonces yo no seguía estando con Dolores. Dolores seguía estando conmigo cuando le venía en gana y yo sentía que no podía hacer nada para cambiar ese estado de cosas. Me recluía en mi apartamento por largas jornadas a pensar que el mundo ardía a mi alrededor y yo era el único náufrago sobreviviente de una embarcación maldita. Un cigarrillo se consumía en mi mano derecha, mientras escuchaba las voces de la ciudad, rumores que me inspiraban pavor. Afuera de mi prisión estaba todo lo horrible del mundo: mujeres mentirosas y perversas que jugarían con mi vida o desearían sangrarme, guerras insondables, supuestos amigos, hambre y dolor, sobre todo mucho dolor.

Únicamente salía de mi encierro por lo imprescindible: cuando tenía que ir a la revista, cuando me faltaba comida o alcohol o cigarrillos, y para hablar de vez en cuando con Felipe, con mamá, con Juan o incluso con Martín, quienes me servían de tabla de salvación para mis días desastrados. Dolores venía a quedarse conmigo de lunes a jueves en la tarde, y en vez de reconocer los cuatro días que estaba conmigo, me retorcía en los pensamientos de lo que debía hacer en los tres restantes. Había dejado de ser honesto con ella porque sentía que ella no lo era conmigo. Fingía estados de tranquilidad cuando estaba con ella, incluso simulaba estar feliz y en algunos momentos me entregaba a la dicha de estar con ella como los viejos amigos que ya éramos, hablábamos exaltados sobre todos los temas, y yo lograba emocionarme al ver su particular manera de comprender el mundo, a veces nos dábamos besitos tiernos, besitos maternos, y yo actuaba desde mi deseo animal de poseerla como si no me importara ver que nuestra relación era un rotundo desastre, que ella parecía ya no agradecer mis insulsos regalos o el dinero que ella pensaba que me sobraba y que siempre recibía. Aunque muchas veces yo daba paso a las bestias en mi interior y le gritaba desesperado como el borracho grotesco o como la mujer con mal de madre que era, que se fuera para siempre de mi vida, que haberla conocido era lo peor que podía haberme ocurrido y todas esas innecesarias cosas que se dicen cuando nos sentimos heridos y sin ningún lugar donde podamos descansar nuestros huesos. Luego venían los gritos, los portazos y un inmenso sosiego de un minuto que terminaba con mi cobarde y eterna marcha atlética tras sus pasos orgullosos para pedir perdón y mendigar un poco de amor. Era un tiempo en el que siempre sentía que me estaba disculpando, sin saber si era por mis pensamientos, mis palabras o mis acciones. Sólo sentía y sabía que todo era por mi culpa, por mi culpa, por mi gran culpa, siguiendo de esta manera mi credo de católico no confesional.

Y así, disculpándome por los misterios de mi existencia, en mangas de camisa, con el pantalón viejo de una piyama y un cigarrillo prendido en la mano derecha, mientras el sol entraba por franjas en mi vida, fue que me encontró el sonido siempre inoportuno del citófono. Juber me dijo que mi madre estaba abajo. Le dije que la dejara pasar al tiempo que salté de mi sopor de días a abrir las cortinas y las ventanas para que entrara algo de aire, a botar los ceniceros llenos de cigarrillos fumados hasta la colilla y a intentar disimular los numerosos cadáveres de varias botellas insepultas, aunque sabía que todo era más bien inútil: las capas de desidia que cubrían mi casa y mi vida eran como las capas de hielo de las diferentes nevadas que se sucedieron durante la edad de hielo y que aún ahora pueden ser utilizadas para su análisis y estudio.

Aun cuando mi madre tenía las llaves de mi casa, era su sana costumbre la de anunciarse en la portería antes de entrar. Su decencia, su respeto, su atención hacia todas las cosas y las personas del mundo eran unas más de sus virtudes de mística aislada de la sociedad, de justa ignorada porque así lo demandaba su naturaleza. Dio dos toquecitos en la puerta y fui a su encuentro, al tiempo que me ponía unos pantalones de paño para estar más presentable y me alisaba el pelo enmarañado.

Abrí la puerta y ahí estaba mamá con sus pantalones de pana café y un saco de lana con flores tejidas que algún día yo le regalara para su cumpleaños, sosteniendo un gran morral negro que hacía que su cuerpo se ladeara para el lado derecho. Le di un abrazo y un beso en la mejilla, recogí su morral y la dejé entrar.

—Huele a cantina —dijo sonriendo, mientras con la mirada registraba como un sabueso el tamaño de mi desidia. Sonreí, levanté los hombros y puse las palmas de mis manos en posición de oración al cielo, intentando decirle con este gesto que lo sentía pero que no era mi culpa, como solía hacer de niño cuando me pedía explicaciones por alguna de mis acciones no loables. Luego me preguntó si ya había almorzado. Le respondí que sí, mintiendo, cosa que ella supo ver, acostumbrada a mis mentiras piadosas, mentiras de mentiroso honrado, para después dirigirse a la cocina con su morral repleto de vituallas que comenzó a sacar una a una para organizarlas en las vacuidades de mi alacena y mi nevera.

—Tengo que venir aquí más a menudo, si no te vas a morir de inanición —me dijo perdida tras la puerta de la nevera, de la cual tuve la imagen inmediata de ese medio limón solitario, de la caja de leche agria a punto de acabarse y de dos botellas de cerveza, únicos tesoros que abrigaba en su interior—. Tienes que alimentarte bien, mi chiquito —dijo preocupada, dejando ver sólo su cara detrás de la puerta de la nevera.

Terminó con eficiencia su labor de descarga y vino a sentarse conmigo. Para hacerla reír y así lavarme un poco de mis culpas le pregunté si quería una cerveza. Mamá no bebe casi nunca y si lo hace siempre es con moderación y tras tres copas se queda dormida como un pajarito, aunque de vez en cuando le gusta tomarse un par de tragos conmigo, quizás para probar desde su clara sobriedad la nebulosa forma de ver el mundo de su retoño. Me respondió que le gustaría y yo fui por las botellas y un par de vasos.

Cuando regresé, mamá estaba quitándole unas hojas muertas al olivo, ambos entendiéndose en silencio. Sé que mamá sabía el tamaño de la desesperanza que yo quería mimetizar como el camaleón que intento ser, pero no dijo nada desde su insondable paciencia. Si hay algo que realmente he querido con fuerzas en la vida es nunca ser un lastre, y romperme frente a ella por las nimiedades de mi vida caprichosa no es uno de los ideales de mi gratitud para con ella. Brindamos con nuestras cervezas y tras el primer sorbo sentí el alivio de ese primer trago irrepetible del día, ese primer beso, y por unos instantes me dejé embargar por la dicha de estar en esa tarde junto a mamá. Me habló de Juan, diciéndome que lo veía mucho mejor que en las navidades, pues estaba enérgico y animado, lleno de nuevos ímpetus hacia la vida. Yo había hablado con Juan hacía unas semanas y estaba de acuerdo con mamá: lo había escuchado con nuevos bríos, viendo en sus ojos la luz que tienen las personas decididas a embestir al mundo, como aquella que tenían los antiguos antemurales homéricos.

Mamá me tomó de la mano y dijo que tenía un regalo para mí, un regalo largo tiempo prometido. De su morral sacó una caja envuelta en papel azul con estrellas amarillas, una caja pesada como los recuerdos y las promesas. Quité el envoltorio de la caja cuidándome de no estropear el papel y de ésta salió un viejo tocadiscos azul celeste con blanco que servía tanto con pilas como con electricidad. Extraje de la caja un disco de boleros del trío Los Panchos y otro de Nat King Cole con canciones cantadas en español, en el que vi que se encontraba esa bonita canción 'Quizás, quizás, quizás'. Conecté la máquina a una toma de corriente y pulí la superficie del disco inmaculado con el puño de la camisa. Puse la aguja sobre los surcos silenciosos que prologan el comienzo del milagro, y tras unos segundos de escuchar el grato sonido rasposo característico de los acetatos, se hizo perceptible la comunión de las maracas, el contrabajo y los violines que preceden la dulcemente quebrada voz de Nat King Cole, cantando con su particular y divertido uso del español. Mamá siguió la canción con su canto apenas audible, canto entre labios, al tiempo que sus ojos se perdieron por instantes en el blanco techo de mi jaula de cristal, para luego buscar de nuevo el diálogo silencioso con el bonsái.

Sabía que mamá estaba visitando las habitaciones de su juventud de soledades demasiado ruidosas, su juventud esclavizada por la necesaria ayuda que debía prestarle a mi siempre embarazada abuela y a su batallón de hijos que parecía que nunca dejarían de nacer, debido a su condición de hija mayor, y en un sentido más amplio y que sólo muchos años después yo dilucidaría, debido a su condición de justa ignorada sobre quien recae el peso del mundo.

—¿Cómo van las cosas con Dolores? —preguntó.

—Bien —le respondí intentando mantener frialdad en mi voz.

—No quería decírtelo pero ayer estuve almorzando con ella —dijo mamá, dándome a entender que ya sabía que las cosas no marchaban bien entre nosotros y demostrándome así que nunca nada de mi vida pasaría inadvertido por el total conocimiento que ella tenía de las acciones y los pensamientos de su hijo—. Lloró toda la tarde como una Magdalena —continuó sin que yo realmente necesitara de esos detalles obscenos que, sin embargo, me llenaron de una dicha inconmensurable al suponer equívocamente que había llorado confesionalmente por todos sus errores. No pude evitar esbozar una sonrisa victoriosa—. Le tengo cariño —sentenció mi madre finalizando sus comentarios sobre la tarde con Dolores, sin darme ninguna explicación por los motivos de su llanto, aun a pesar de mis demandas inquisitoriales, y de esta manera haciéndome saber que tenía una pequeña pero sólida complicidad con el origen de mi desdicha. "Todas son mujeres al fin de cuentas", entonó como el más grave de los bajos la Voz, atravesándome como una corriente eléctrica que me subió desde los pies hasta la cabeza. ¿Cómo era posible que mi propia madre no me fuera a contar lo que había hablado con Dolores?, ¿por qué no me iba a dar las razones de su llanto?

La guerra en mis entrañas me impedía hablar, la incomodidad del silencio me ponía inquieto, ambas instancias percibidas con facilidad por mi madre, por lo que decidió levantarse de su silla y decirme que tenía que marcharse.

La acompañé a la puerta. Me tomó de la mano, me dijo que yo era lo que ella más quería en el mundo y me recordó las sabias palabras de su padre:

—Acuérdate: "En calles más oscuras me ha cogido la noche".

Le di un beso amoroso en la frente y vi cómo recorría los diez metros que llevaban hasta la puerta del ascensor.

ESTACIÓN QUINTA
SIMÓN DE CIRENE LE AYUDA A CARGAR LA CRUZ

En medio de uno de mis viernes sin Dolores me encontré hablando de nuevo con el olivo acerca de una vasta conspiración tramada en contra de mi sosiego. Agradecía su compañía silenciosa, su verde firmeza que me hacía saber que me servía de protección contra los ultrajes de la vida, de recurso contra el mundo, me daba la certeza un poco vana de ser amado con seguridad. Terminada la conversación, le ofrecí disculpas por mi persistencia en torno a los mismos temas, al tiempo de informarle que era hora de ir al trabajo.

Los colaboradores de la revista se veían felices y ansiosos por la promesa de una noche de viernes y un fin de semana sin tropiezos. Felipe estaba en su cubículo hablando con Jairo, antes conocido como Despreciable y, sin escucharlo, supe que estaba bombardeando a Felipe con alguna de sus lúbricas historias. Saludé a mi amigo con un abrazo y a Jairo con un apretón de manos, del cual me sorprendió la firmeza de la presión, porque sin saber la razón, siempre había imaginado que Despreciable era una de esas personas que saludan con una mano babosa y débil como un gusarapo. El día laboral tocaba a su fin y ya todos se disponían a salir. Entregué otro artículo sobre un restaurante español, ubicado en el centro de la ciudad, en el que había comido unos inmejorables pimientos del piquillo rellenos y un arroz caldoso con cangrejo a falta de bogavante, rodeado por decenarios carteles de corridas de toros y fotos de matadores de todos los tiempos, mientras veía la cabeza disecada de un toro caído con canicas en lugar de ojos.

Regresé al cubículo de Felipe, quien ya había apagado el computador y se estaba poniendo su chaqueta negra de marinerito.

—Al fin hoy sí nos vamos a emborrachar juntos —dictaminó Jairo sin darme tiempo de una negación. Miré asustado a Felipe quien, sonriendo, me recordó al oído que todo en el mundo eran elementos narrativos. Nos acercamos a los ascensores y cuando uno de ellos llegó a nuestra planta abriendo sus puertas, Mariana le gritó a Felipe desde el otro extremo de la redacción que tenía una llamada urgente. Mi amigo nos dijo que nos fuéramos adelantando.

—Mejor así, solitos —me comentó Despreciable, guiñándome el ojo, el cual sin razón aparente pensé que era de vidrio como el del toro del restaurante español. Luego me dio su sonrisa y una palmada en la espalda.

Llegamos a una tienda que quedaba a unas manzanas de la revista, de donde salían ensordecedores y desgarrados vallenatos. Estaba decorada con afiches de mujeres semidesnudas que publicitaban cerveza, costales que colgaban de las paredes de madera y en el fondo, junto a un juego de rana en el que se divertía un adolescente, delgado y con acné, de un colegio militar, había una vitrina llena de refrescos y yogures, pasteles y cervezas, que hacía las veces de mostrador desde donde atendía un hombre de bigote, alto y delgado, quien me recordó a uno de mis profesores de la universidad. En una de las mesas de madera estaban abrazados dos borrachos en camisa y corbata, siguiendo un vallenato a grito herido.

—¿Una cervecita? —me preguntó Jairo con amabilidad, al tiempo que mi estremecimiento crecía al escuchar la letra de esa música. Le dije que sí para evitar que "un viento quebrara mis alas", mientras imploraba por la pronta aparición de Felipe.

Ese hombre, Jairo, a quien había temido por lo ridículo del miedo a las situaciones incómodas, se había prestado a cargar un rato mi cruz, Simón de Cirene obligado a ayudar al Cordero, quizás porque como todos quería escuchar las infidencias amorosas de otro semejante, quizás porque simplemente quería ser mi amigo y disfrutaba de mi compañía, de ese diálogo que, en lo profundo, imaginé querría haber tenido con su hija perdida en los brazos de un hombre ladino y sexualmente oscuro como él mismo. Los años nos alejaban y las cervezas que no paraban de llegar nos acercaban, y mi cireneo de los ojos y sonrisa de reptil, me encariñó con sus consejos de adulto, me abrumó con sus comentarios acerca de lo envidiable de mi vida, sus palabras simples pero certeras en las que me recomendaba buscar en todos los flancos y en todos los frentes, mirarle siempre los ojos al enemigo, porque allí se determina la bondad o la maldad de un ser humano, "Los ojos sí son el espejo del alma", decía Jairo, mientras yo sólo pensaba en los vacíos y coquetos ojos de Dolores. La explicación de todo mi mal radicaba en no haber querido entender de una manera adecuada las señales del mundo, quizás por ignorancia o quizás por la desmesura de mis días que me habían llevado hasta el borde, por haber querido embestir la realidad y sostener los pilares de un mundo soñado pero que se caía frente a mí.

Tras muchas cervezas y muchos vallenatos cantados sin saberme del todo las letras pero sintiendo la fuerza de su dolor inmanente, llegaron las primeras copas de aguardiente, ese demonio, acompañadas de la curiosa tranquilidad que nos trae el habernos confesado con un extraño. La tienda comenzaba a llenarse de más gente, probablemente trabajadores dispuestos a colmarse de la cultura de los viernes, y entre ellos, Jairo llamó a dos secretarias de la revista que yo reconocí. Sentí una pequeña ingratitud por parte de Jairo, quien volvió a ser Despreciable para mí, y quien imaginé se había hartado de mi lamento. Identifiqué a la mulata de la recepción, que se presentó bajo el nombre de Sandra, y quien recordé que había recibido las ovaciones de Jairo tras su encuentro galopante y fogoso. Se quitó la chaqueta de sastre que tenía, quedándose en una camisa tres tallas menor que la requerida por su fisonomía y así dejando aflorar sus hermosos globos maternos, su refugio inmaterial. Al verla sentarse y alisándose la falda del mismo material de la chaqueta y echarse el pelo hacia atrás, dejando sólo un mechón que le atravesaba el lado izquierdo de la cara, comprendí los vítores y los aplausos de mi cireneo habitante de los lechos de los ríos.

La otra secretaria, quien creo trabajaba en la sección de publicidad, se presentó bajo el nombre de Amparo, y era la perfecta copia en negativo de Sandra: su pelo era claro, su piel era blanca, y salvo estas diferencias, parecía la hermana gemela de su compañera. Las saludé a ambas con un beso en la mejilla y me presenté como Aníbal.

—Ya sabemos quién eres —dijo Amparo sonriendo y de esta manera permitiendo que mi ya acalorada cara cobrara el color rojo escarlata presente en el pigmento de los claveles. Pedí otra botella de aguardiente al doble de mi antiguo profesor universitario, botella que llegó escarchada por el hielo y que agradecí como el más preciado de los regalos. Mientras servía las copas de aguardiente, sentía la presión del muslo de Amparo bajo la mesa, quien escuchaba divertida la historia de la primera experiencia sexual que Jairo había tenido y que estaba desplegando en ese momento.

Cuando ellas llegaron temí por un largo rato que Jairo fuera a hacerlas partícipes de mi estado, pero guardó mi secreto y de esta manera se hizo mi cómplice y amigo. Brindamos con las copas alzadas tras el final del relato de Jairo y del comentario acerca de la naturaleza casi adelgazante del aguardiente, dicho por Sandra, y de un "¡Qué momento tan especial!", aprendido de la televisión, dicho por Amparo.

Toda conversación grupal se termina reduciendo a pequeñas conversaciones íntimas, y yo terminé hablando con Amparo sobre el amor, único tema en ese momento de mi vida, tema que me agotaba y del que una parte de mi ser no quisiera volver a hablar nunca más. Jairo y Sandra se habían parado a bailar cuando la música había evolucionado a un espíritu más festivo, y nosotros hablábamos sobre las difíciles relaciones que habíamos tenido en la vida, ella me contaba sobre su tortuoso primer esposo de juventud de quien en algún momento pensó nunca podría salir, confirmándome la frase de lo que le ocurre a un hombre le ocurre a todos los hombres, y yo, todavía en mi disposición hacia lo confesional, inventé amores nunca tenidos a los que salpicaba con los momentos estelares de mi vida con Dolores.

Jairo y Sandra habían vuelto a la mesa y se entregaban a largos besos apasionados en la banca de enfrente, y el sonido que de éstos salía me recordó al de la chupa negra con que destapaba el baño y sus sonidos guturales. Amparo se paró al baño y yo la seguí con la mirada, deleitado con el contoneo de sus caderas, su andar de antílope, su gracia de conocedora de todos los límites de su cuerpo, y cuando se perdió tras la puerta del baño, regresé mi cara a la mesa desde donde me miraba sonriente Jairo, quien me guiñó el ojo, gesto que ahora pensé que era una suerte de movimiento involuntario en él, casi un tic.

Amparo regresó sonriente con sus contoneos y todavía de pie estiró la mano y me dijo que si bailaba con ella. "Baila con ella. Hazla tuya y véngate de Dolores y de toda la feminidad con esa indefensa criatura", siseó la Voz en mi interior llenándome de desagrado, por lo que le respondí a Amparo con mis eternas evasivas de niño tímido y torpe que yo no sabía bailar, que tenía una pierna de palo, y a cada una de mis excusas Amparo respondía divertida con un "No importa". Finalmente mis pilares cedieron, quizás para no alargar la escena de las negaciones, para acallar a la Voz que seguía chillando ahí dentro, y muy probablemente porque en realidad quería hacerlo. Me tomé otra copa de aguardiente y me levanté con una decisión que no reconocí como mía.

Amparo se pegó a mi cuerpo amoldándose como si fuera una malla hecha a mi medida, y mientras bailaba una canción de algún ritmo desconocido para mí, sentía la presión de su pecho turgente contra el mío. Comenzó a sonar un merengue, estilo musical que mi primera juventud supo repudiar, pero que en este momento sonaba como una invitación para reencontrarme con el pasado perdido y engrandecido en la memoria. Mis aptitudes hacia la danza parecían haber mejorado y ya al menos no pisaba a mi pareja cada tres segundos, mantenía el ritmo, y me entregaba con algo parecido a la felicidad al contacto de mi cuerpo con el de Amparo, quien seseaba bajito el coro de la canción: "Nuestro amor será... limpio como el cielo azul. Nuestro amor será... como un manantial de luz", y su canto, del que años atrás me habría burlado con mis amigos al oírlo en alguno de los buses de nuestra adolescencia, no parecía coqueto ni invitador, era el canto de alguien que entona una canción que le ha dolido mucho en la vida y que lo transporta a otras épocas y lugares. Nuestras cabezas se rozaban, y esa fricción, unida al olor del pan y los peros en flor, de mi elevada borrachera, me hizo sentir que estaba bailando con Dolores ese baile que nunca habíamos tenido, y poseso de esa sensación de cercanía que anhelaba mi frágil vida, busqué los labios de Amparo, quien abrió su húmeda boca a mi encuentro, dándome un hondo beso que me sobrecogió y llenó de bienestar, al tiempo que de allí abajo la animalidad de mi ser enviaba telegramas contundentes. Nos besamos largamente y al separarnos y vernos a los ojos, sonriendo como imbéciles enamorados, me sorprendió descubrirme cantando un momento después: "Nuestro amor será... como un manantial de luz" en el cuello de Amparo, quien cada vez se pegaba más a mí, mientras yo pensaba, en medio de mi claridad etílica de una noche, que en verdad esperaba que nuestro amor fuera como un luminoso manantial.

Regresamos a la mesa al finalizar la canción, después de otro beso impetuoso y del comentario impreciso de Amparo acerca de mi gran naturaleza de bailarín, donde nos esperaban Jairo y Sandra, quienes respectivamente miraban con complicidad a su compañero de sexo.

Jairo me sirvió otra copa de aguardiente mientras las muchachas se paraban entre risas cortadas con la excusa de tener que ir al baño, después de un largo beso de ojos cerrados desplegado histriónicamente por Amparo. En medio de su ya alcoholizado discurso, Jairo hablaba acerca de cómo en la vida sentimental un "clavo siempre saca a otro clavo", frase de la que nunca he podido dar fe, y de cómo "unas semanas bajo el amparo de Amparo" me librarían de todos mis males, pavoneándose con su fácil ingenio verbal de redactor de judiciales, para luego acreditarse, con una sonrisa cómplice, el éxito de mi pronta curación. Una parte de mí hubiera querido que Jairo tuviera razón, pero esa fracción mínima de mi ser no podía competir con los sendos ejércitos de mi tozudez de mulo viejo y obsesivo, unidos a los deseos (no siempre confesos) de permanecer en los gratos sufrimientos que, imagino, le daban cobijo a mi vida.

Finalmente Jairo se paró de su banca luego de tomarse una última copa. Se agachó a mi lado y me dijo al oído que el resto del camino tenía que recorrerlo yo solo. Sandra lo esperaba fuera y Amparo no tardaría en regresar, pues había ido a llamar a su casa para inventar alguna excusa por la demora. Jairo tomó sus cosas y las de Sandra y tambaleándose vino a darme un abrazo fraterno, al que yo respondí agradecido, después de todo sólo gracias a él había logrado salvar la tarde, una batalla más contra el tiempo.

Empecé a sentirme amodorrado tras los tragos y decidí cerrar los ojos por unos instantes mientras esperaba el regreso de Amparo, a quien había vuelto a desear con ansias, y así demostrándome una vez más, entonces casi divertido, la solidez de mis contradicciones y volubilidades, el gallito de la veleta de mis pasiones, más o menos adornado, girando sin órbita y sin gobierno.

Los brazos cruzados sobre la mesa soportaban mi cabeza que sentía arder como el *brandy* a causa de los tragos. Veía sin foco las cuatro copas de aguardiente que se erguían sobre la mesa, los ceniceros, los afiches de mujeres semidesnudas, las parejas que bailaban o los borrachos que cantaban desafinados. Y al extraviarme en ese ejercicio intermitente, no caí en cuenta de que,

sin quererlo, o tal vez deseándolo mucho, me perdí en
los dulces brazos del sueño, del sueño contundente
e inevitable del borrachín de tienda en que me había
convertido esa noche: estaba ahora en un gran salón
tenuemente iluminado por lámparas de cielo y lámparas de lágrimas que colgaban del techo como racimos,
y al fondo de éste, como un altar barroco iluminado
por lámparas votivas, una barra colmada de botellas
llenas y a medio llenar de todos los licores del mundo,
expuestas como medallas que adornaban el pecho del
altar. Los hombres y mujeres que atendían detrás de la
barra eran de una amabilidad inusitada, nunca cobraban
los tragos que servían sin guardar las cantidades, tragos
de un alcohol que no emborrachaba pero que permitía
los efectos de la más grata embriaguez, y a los lados de
la barra, como las naves de un templo, había la cantidad
exacta de mesas para que el lugar pareciera lleno pero
no atiborrado, y en las mesas, mujeres bellísimas y ele-
gantes que me saludaban al paso y me llamaban por
el nombre, arrellanadas en mullidos sofás. Todos me
trataban con gratitud pero no con pleitesía ni soberbia,
y me hacían pensar que la amistad entre los sexos era
posible. Las conversaciones jamás eran anuladas por
el sonido de la música que inundaba la atmósfera, por
el contrario, parecía que venían por canales diferentes.
Las conversaciones me interesaban y podía seguirlas
al tiempo que también seguía las canciones, no sólo
sus letras y sonidos, sino las respiraciones de los can-
tantes, sus miedos y glorias, sus triunfos pasados y por
venir. Y en ese gran salón también estaban los músicos
que siempre me había gustado escuchar, y era grato

no verme en la obligación de saludarlos cuando los veía, porque sabía que siempre estarían allí, porque la eternidad de nuestro bar, de nuestro pequeño paraíso alcohólico, nos daría todas las noches del mundo para hacerlo. En este punto el sueño se interrumpió.

Me desperté asustado por el brusco gesto de la dueña y cuando vi el número once en el reloj que colgaba de una de las paredes de la tienda, lugar completamente vacío, barrido y ya con las bancas encima de las mesas, supe que había perdido a Amparo, certeza que me llenó de una profunda desilusión por el sexo perdido, mezclada con un alivio que sólo pude calificar de moral. A mi lado vi una servilleta con su nombre y abajo su número de teléfono. La guardé en un bolsillo del pantalón aun cuando lo profundo de mi ser sabía que jamás la llamaría.

Fui al mostrador, le pagué a la gorda malencarada que me rapó los billetes de la mano, y salí del lugar, ya con una leve resaca y una grata sensación de ligereza: la impresión de alegría que me había dejado el sueño no se alejó hasta muchas horas después, al tiempo que me preguntaba acerca de los crueles juegos de la imaginación que se suceden en los sueños, ese territorio visitado por mí con tan poca frecuencia o tan poca memoria, a la vez que también me preguntaba por la razón de la no presencia de Dolores en mi sueño, pregunta que quise leer como otra señal desplegada por las altas esferas del éter para darme clara cuenta de algo, y para finalmente, luego de recordar las horas pasadas con Jairo y Amparo, hacerme dueño de la sólida certeza de que nunca volvería a la revista tras esa noche.

ESTACIÓN SEXTA
LA VERÓNICA LE ENJUGA EL ROSTRO

Entrada la tarde, luego de estar en cama por más de doce horas, mi cuerpo se negó a dormir más. Lo único que quería hacer en esos días aciagos era dormir, soñar acaso, y luego de la anterior noche en la tienda, quizás intentar regresar a ese paraíso alcohólico que me había llevado por instantes a la felicidad perdida. Dormía alargando las horas naturales del sueño, para de esta manera evitar un mundo que se me presentaba incomprensible. En esos días me despertaba en alguna de las últimas horas de la mañana y me obligaba a forzar el sueño por las horas que me fueran otorgadas. Me iba a la cama con la imagen de Dolores, el alcohol prestándome su ilusoria claridad de resoluciones que nunca se llevarían a cabo, y allí acostado siempre decidía dejarla para emprender una vida llevada con una rienda corta y un galope largo en la que jamás me detendría. Al despertar, la primera imagen que tenía volvía a ser la de Dolores, y la resaca me prestaba esa otra claridad sensiblera en la que siempre agradecía que ella hubiera puesto sus ojos en mí y entonces saltaba al teléfono a llamarla rogando escuchar su voz, que por lo general era siempre la de su contestadora.

Esa tarde me quedé viendo por un largo rato, aún tumbado con los brazos cruzados detrás de la cabeza, a un gordo moscardón negro que debía haberse colado por una de las ventanas abiertas, el cual desplegaba su molesto sonido de motor de ventilador de mano inservible, mientras me detenía en observar sus vuelos geométricos que iban del triángulo al rectángulo y al hexaedro, para luego lanzarse a un vuelo rasante que siempre terminaba estrellándose contra las ventanas. Me paré de la cama en dirección a la cocina, seguido por el veloz vuelo zigzagueante del moscardón, y allí cogí un limpión de tela con el que esperaba sacar al gordo intruso de mi apartamento y de mi vida. Enrollé el limpión y comencé a dar golpes secos en el aire que chasqueaban como un zurriago de carretero y que me recordaron los salvajes juegos de la infancia. En ese momento de mi vida, incluso el moscardón parecía estar en un escalón más elevado dentro de la escala evolutiva, y fue un milagro que no destrozara mi casa en el intento de echarlo. La Voz no paraba de humillarme y de reírse por mi torpeza e inutilidad sin precedentes, y su tono era tan ofensivo y rastrero, que ya fuera de mis cabales le grité que se callara de una puta vez, al tiempo que sonaba el timbre de la puerta. Pensé que debía ser uno de los vecinos asustado por los sonidos de destrozos que llevaría oyendo por más de media hora, a la vez que me llenaba de una dicha inmensa porque quien fuera que fuese el incauto que hubiera decidido acercarse, ya sabría escuchar el torrente de mi ira contenida de años, moldeada, barnizada y embellecida en un único "¿qué pasa?", que aullé mientras iba a abrir la puerta, sólo con los pantalones de mi piyama de siempre, el pelo enmarañado, la expresión desencajada y extraviada, mi panza peluda y el limpión de tela sobre el hombro izquierdo.

Era Dolores la que estaba al otro lado de la puerta, quien me miraba divertida y algo perpleja, más bella que nunca con su falda gris, una camisa blanca sin mangas, zapatos rojos de muñeca, cargando un morral sobre sus hombros desnudos.

—Hoy es sábado. ¿Qué haces aquí? —le dije a Dolores con la naturalidad de los viejos caducos.

—No seas idiota, chiquito —contestó Dolores dándome un beso en la boca, desarmándome, para luego entrar libremente en mi casa—. ¿Qué haces con ese trapo? —preguntó entonces claramente divertida por mi apariencia. Le respondí que era para intentar echar a un impertinente moscardón que me había estado hostigando a lo largo de la mañana, pero que había resultado más inteligente y astuto de lo que pensaba. Dolores se rio con ganas, y yo en medio de la seriedad de mis días de ese entonces, no hice eco a su diversión. Me quedé mirándola fijamente sin el menor atisbo de celebración, gesto que ella supo pasar desapercibido, para luego tomar el limpión y de un solo chasquido sacar al negro intruso, el cual se coló por una de las ventanas, perdiéndose en la tarde.

—¿Qué hiciste anoche? Te estuve buscando —preguntó y afirmó Dolores al tiempo que se sentaba sobre el sofá, alisaba su falda y acto seguido daba dos palmadas en el puesto a su lado, señal de que quería que me sentara junto a ella.

—Estuve besuqueándome con una secretaria después de haberle contado a casi un perfecto desconocido lo frígida e infiel que eres —le dije mirándola a los ojos. Dolores soltó una carcajada para luego darme un beso en la mejilla y alabar el poder imaginativo de mi cabeza. Luego volvió a preguntarme qué había hecho la noche anterior.

—Estuve aquí solo, leyendo. Desconecté el teléfono. No quería hablar con nadie —dije mirando al bonsái de soslayo y de esta manera haciéndole saber el porqué de mi falta de fe en la especie humana.

—¿Ni conmigo? —bisbiseó tierna a mi oído.

—Como era viernes no pensé que te fueras a aparecer por acá —respondí toscamente, a la vez que reconfirmaba el hecho de que la verdad nunca es clara, en tanto que las mentiras todo el mundo las comprende enseguida.

—Mira, traje comida para que hagamos un almuerzo delicioso. Le pregunté a tu mamá (¡cómo quiero a tu mamá, qué gran mujer!) qué te gusta comer —dijo Dolores al tiempo que abría su morral del que extrajo un paquete que supuse contenía algún tipo de pasta, unas verduras y una botella de vino tinto—. Voy a cocinarte unos ñoquis al pesto. Tú vete a bañar que yo me encargo de todo —ordenó, mientras me empujaba para que no me amodorrara en la cómoda posición que había alcanzado.

Me paré del sofá sin entender nada de lo que estaba ocurriendo en mi casa. Dolores fue al equipo y puso la 'Suite Punta del Este' de Piazzolla, músico que hacía un tiempo me había dicho que le aburría indeciblemente, y se fue a la cocina a destapar la botella de vino, no sin antes gritarme un "Te quiero" que se quedó flotando en el interior de mi cabeza.

Otra vez frente al espejo del baño, mientras dejaba correr el agua caliente de la ducha, me sentí viejo, gordo y derrotado. Vi ciertos síntomas de los que no me había percatado y que hacían inmanente ese estado de cosas aparte de mi ya voluminoso y evidente estómago: horribles pelos crecían en mis mejillas debajo de los ojos, más pelos afloraban grotescamente de la nariz, ciertas molestas venillas rojas comenzaban a nacer también en ella, protuberancia que además sabía nunca dejaría de crecer, y esto lo sentía y lo observaba sabiendo que no llegaba a los veinticuatro años. Recordé que el espíritu no tenía una edad particular para quebrarse ni para sentirse viejo, e imploré porque el futuro me deparara mejores pensamientos, al tiempo que probaba la temperatura del agua con la mano.

Aun dada la extraña actitud amorosa de Dolores en ese día, la Voz me hizo saber que todo tenía que ser una farsa, quizás una excusa para pedirme dinero, para terminar declarando que a pesar de las engañosas apariencias, ese sería otro día sin sexo por lo que era mejor que me masturbara y así aligerara un poco la carga de mis hormonas rebosantes. Dada la naturaleza de mis últimos meses con Dolores, decidí que la Voz debía tener razón en esa ocasión. Yo sabía que los bríos de los primeros meses nunca volverían y creía comprender que Dolores (quien siempre me había dicho que no le gustaba el sexo porque le robaba su valiosa energía vital, aun cuando esto lo había dictaminado en el momento en que tirábamos como bestias, por lo que nunca creí que esa fuente de dicha llegaría a agotarse algún día) lo que en verdad quería era un poco de afecto y cercanía, no aquello que todos los hombres le pedían y que yo con mis cerriles maneras también exigía.

Salí del baño envuelto en una toalla que anudé como si fuera la toga de un senador romano y fui al cuarto a vestirme, al tiempo que escuchaba gritar a Dolores, quien anunciaba que ya estaba casi todo listo. Luego salí al ruedo, donde Dolores se lanzó a abrazarme por el cuello, mientras me decía que me amaba y que entonces sí me veía como un hombrecito. "A ver 'hombrecito', esperemos que el vino no sea de cocina", siseó la Voz, rompiendo la ternura del momento. Dolores prendió unas velas y nos sentamos a la mesa que estaba dispuesta con primor.

Escancié el vino en las copas, el cual, para extrañeza de la Voz, era un buen chileno de 1999. Pero la Voz no había perdido la guerra y su honrilla consistió en hacerme saber, luego que Dolores sirviera los ñoquis y que comenzáramos a comer, que había olvidado y pasado el tiempo de cocción, cosa que hizo que perdieran todo su sabor y tuvieran la apariencia y la textura de una masa similar al puré, a la vez que fue evidente que había confundido la albahaca con espinacas. Sin embargo, fue conmovedor ver cómo Dolores se disculpaba por su insípido plato, cómo culpaba a su condición de eterna fracasada a la que todo le sale siempre mal, tan diferente a sus, para mí, vergonzosas exaltaciones de sí misma que cada tanto desplegaba sin mucha gracia ante mis ojos, y comprendí por un momento el cariño que debió sentir mamá cuando la vio llorar como la Magdalena. Luego le tomé la mano derecha que tamborileaba sobre la mesa y le dije sonriendo que francamente había sido una catástrofe culinaria pero que la perdonaba, al tiempo que ella me miraba perpleja, imagino esperando que le diera palabras de aliento, para terminar riendo con ganas y venir a sentarse sobre mis rodillas como la amarga belleza que era.

Su afable reacción ante mis palabras me hizo saber que Dolores estaba en uno de sus raptos de bondad, como denominábamos con Martín a esos días en los que, imagino que cansada del trajín y la intensidad de sus soledades personales, se lanzaba a la imposible tarea de reinventar o al menos darle otro curso a su vida. En esos escasos días siempre estaba de buen talante, aceptaba nuestras bromas pesadas con alegría, y aunque en lo profundo yo prefería a la Dolores petulante y engreída debido a mis enfermedades personales, me hacía pensar que había razones más que fundadas para enamorarme de sus contradicciones, de sus cambios abruptos, que me hacían verla como a un bello ser humano y no una máquina de sensaciones aprendidas como la mayoría de mujeres a las que yo trataba. Ese día tenía la característica de aquellos que se fijan en nuestra memoria como los instantes más gratos de nuestra existencia, y que nos hacen pensar, al ser recordados, en lo innecesario de llenarnos de más recuerdos en nuestras vidas actuales, porque ya hemos logrado ese punto de perfección inacabada que los años sólo repetirán con otras caras y otros acentos:

las cenizas de nuestros cigarrillos prendidos flotaban en el aire como si fueran copos de nieve atravesados por los rayos de sol que entraban por las ventanas, una brisa cálida besaba el ambiente, teníamos un buen vino, y la sensación de tener el peso justo de Dolores sobre mis rodillas, su olor a pan recién hecho y peros en flor (nuestro amor será como un manantial de luz...), a la vez que apoyaba su cabeza sobre la mía y se mecía suavemente sobre mí, hacía que volviera a nuestro tiempo de ensoñación eterno, me volvía indulgente con el pasado, saboreaba la esperanza pueril de que ese momento fuera eterno.

—¿Qué quieres hacer? —pregunté.

—Hoy vamos a hacer lo que tú quieras —respondió sonriendo.

—No sé. No tenía nada pensado —dije mientras me frotaba las manos que habían comenzado a sudar. Miré al techo, a la calle, luego a mi biblioteca y no encontré respuestas en ninguna parte. Luego miré a Dolores, quien me abría sus inmensos ojos cafés, y se acercaba mucho a mí para preguntarme al oído si quería tirar—. Pensé que no te gustaba —contesté desconcertado, sabiendo que un hombre de verdad habría dicho cualquier cosa menos eso.

—Pero a ti sí y hoy quiero hacerte muy feliz —dijo Dolores al tiempo que empezaba a quitarse la camisa.

Tuve el mejor sexo de mi vida. Dolores interpretó todo lo bello y lo no bello de las relaciones físicas entre humanos, lo sublime, con ese ritmo acompasado al que sólo se llega cuando no pensamos en la mera definición de la presencia de un ritmo, cuando sólo nos dejamos ir sin pretender dejar alguna impresión, y de esta manera, demostrándome desde sus hábiles movimientos, el total conocimiento del núcleo de mi placer y la facilidad de su obtención para ella. Cuando terminamos, comprendí las palabras que Oscar Wilde me dijera hace unos meses, cuando mi ofuscación y mi incertidumbre comenzaban: "Las mujeres fueron hechas para ser amadas, no comprendidas". Nos quedamos tumbados, Dolores todavía encima de mí, yo intentando encontrar las palabras justas para decirle que la amaba y que esperaba que nunca nos separáramos, cuando se levantó decidida y me dijo que tenía que irse.

—¿A dónde vamos? —le pregunté atónito y haciendo caso omiso de la Voz que había empezado a reírse de nuevo allí dentro.

—Me voy a mi casa. Quiero estar sola —respondió mientras comenzaba a vestirse sin mirarme a la cara. Ya vestida, tomó su morral, me dio un beso en la frente y salió.

Mi cabeza giraba sin rumbo, azotada por los vientos de mis pensamientos encontrados. Quise que mi corazón se detuviera. Pensé en salir corriendo y pedirle explicaciones a Dolores, pero me sentí muy viejo y cansado para hacerlo, y perdido en pensamientos, de repente volvió la calma y todo fue muy claro: tiempo después quise pensar que de la biblioteca salía una luz muy brillante, la cual en verdad fue el reflejo de la luz del sol sobre las letras doradas que marcaban el lomo de uno de los diarios de mi padre, destellos que en ese momento me lanzaban mensajes telegráficos sobre lo que tenía que hacer:

buscar refugio en la seguridad del recuerdo de papá y unirme con él en la comunión que muy pocas veces tuvimos mientras estuvo con vida en el único lugar que reconocíamos como de ambos: tomé el diario y me lancé de nuevo a las trincheras que me esperaban desde siempre debajo de la cama.

Yo sabía que papá, con los primeros bríos de la juventud, esas primeras ansias, había decidido salir a descubrir el mundo, quizás intentando huir de la rígida sociedad antioqueña a la que en ese entonces repudiaba, y a la que a su propia manera regresaría para quedarse tras los primeros golpes de la vejez que lo encerrarían en los recuerdos del pasado. Antes de dedicarse al ejercicio de la medicina, práctica que lo acompañaría hasta su fin, tomó la decisión de irse unos meses al Japón, luego de que su hermano, dedicado a la marina mercante, lo invitara a uno de sus viajes, en agradecimiento por los años en los que papá se hiciera cargo de él como si fuera su verdadero padre. Con las dudas y fábulas de una edad cercana a la mía ahora, se hizo a la mar buscando un destino que para él podía significar la promesa del cielo y del infierno a un tiempo. Hace cuatro décadas, para un joven colombiano como mi padre, el Japón parecía también significar el fin del mundo.

Llegó a Tokio finalizando el verano, sin saber una palabra de japonés y con conocimientos bastante precarios del inglés y del francés, que en cualquier caso le servirían bien poco. Sin embargo, su primer recuerdo del Japón le resultó bastante familiar: tras dejar sus pertenencias en el apartamento donde se hospedaría por poco menos de medio año, salió a ver las calles iluminadas e imponentes de la Tokio industrializada, salpicada de neón, donde tras los primeros pasos le asombró escuchar los radios berreando canciones en japonés de éxitos occidentales, entre las que distinguió la melodiosa voz de Carlos Gardel que salía de un bar en la esquina de su calle del barrio de rascacielos que tiene por nombre Shinjuku, cosa que le hizo pensar que nunca había dejado el hogar y que en verdad estaba en uno de los garitos donde se sentaba en costales a tomar aguardiente y a fumar cigarrillos sin filtro en el sórdido barrio de Guayaquil en Medellín, donde iba en sus días pendencieros y alcoholizados de la primera juventud.

Así continuaba papá en su diario, el cual yo leía a saltos escondido bajo mi cama, narrando sus prime-ras impresiones de un Japón que todo lo prometía y que sólo tiempo después él sabría que todo lo nega-ba, hasta que un dibujito al final del libro, simple pero expresivo, cautivó mi atención: era el dibujo de un árbol, que por ser japonés supuse era un cerezo, del que pendía un papelito amarrado por un hilo. Retro-cedí unas páginas desde donde supuse que empezaba la narración que terminaría con la historia del árbol y que comenzaba con el nombre del mes de octubre escrito en letras capitales y subrayado, con su jerogli-fica escritura que años después lo confirmaría como médico, en la tinta sepia de una pluma que tenía su nombre grabado y que tiempo después me regalaría. La historia empezaba con una frase que dictaminó el total cautiverio de mi atención: "Noriko es la más dulce de todas las mujeres del Japón". Yo sabía que papá había tenido un amor allí, pero nunca supe los detalles de dicha relación, salvo por las tiernas burlas que mamá en ocasiones le hiciera acerca de su "japonesita", a lo que él siempre respondía con una sonrisa desde su trono de nuevo patriarca de todos los tiempos. Conoció a Noriko en un bar que solía frecuentar con un amigo argentino con quien se reunía a hablar de tango, de cuyas charlas ahora aventuro que quizás surgió mi nombre. El argentino era un gran admirador de Troilo, y fue él quien le dio a papá el conocimiento de la importancia de la música del bandoneonista: "Generar una música que signifique tanto como las palabras, y tocarla con su instrumento respirador como si dijera palabras", y quien también le regalara el credo de Troilo que pasaría a convertirse en su propio credo: "La vida es así. Difícil a veces, pero simple", que cada tanto nos entregaría en casa en alguno de sus momentos apacibles. Estaba con su amigo cuando conoció a la "japonesita".

"Noriko no es una prostituta", escribió mi padre, "no vende su cuerpo, pero su trabajo consiste en ir a los bares a conversar con los hombres que llegan después de trabajar, y los dueños del bar le pagan por eso. Nació en Hiroshima cerca de una de las bases norteamericanas, donde conoció las costumbres y manías de occidente, y aprendió el inglés, aun cuando su espíritu es japonés", dictaminó papá, dejándome con el interrogante de qué querría significar el espíritu de un pueblo.

Imaginé a mi viejo, joven y libre por los bares de Tokio, sin mayor idea acerca de su futuro, jugando al seductor con una mujer que se quedaría grabada para siempre en su memoria, de quien se enamoró por sus dulces maneras, por lo no visible de su interior, su languidez no comprometida, y porque "no se tapa la boca cuando ríe como es costumbre en las mujeres japonesas, un signo de mala educación", con quien en los siguientes dos últimos meses de su estadía tendría su pequeña temporada entre el cielo y el infierno, a quien le compraría vestiditos en la Ginza, elegante barrio central de almacenes y oficinas en Tokio, con quien se montaría en tacitas de té que dan vueltas en el parque de diversiones de Korakuen en la misma ciudad, y a quien finalmente iría a olvidar viendo "el cielo alto y amplio sobre el mar de Yokohama" y sus barquitos anclados, imagen tan parecida a la más pura forma de la tranquilidad, luego de que ella le dijera entre sollozos que no podía verlo más porque estaba obligada por la tradición a casarse con un rico comerciante de electrodomésticos, "bastante gordo, como un jugador de sumo", diría mi padre con resentimiento aun cuando su caligrafía no dudaba. "Mi único error fue hacerle el amor un mes antes de regresar a Medellín", escribiría mi padre finalizando ese apartado de su diario, sin dar más explicaciones.

El siguiente apartado, también subrayado, tenía por título "Año nuevo en el templo", que me hizo ver a papá no ya como el padre entregado y silencioso que fue, sino como un hombre que bien podría haber sido un amigo: el 31 de diciembre de 196..., papá fue invitado a una celebración en casa de la familia de Noriko a manera de despedida por los días vividos en común, patentes desaires que la vida nos ofrece, invitación que a las claras requería de la más alta clandestinidad por parte de mi padre. Papá dudó por horas amargas desde sus cavilaciones de antioqueño orgulloso con la posibilidad de ir, hasta que su curiosidad, mezclada con el deseo de ver una vez más a su "japonesita", lo impulsó a emprender el viaje. Llegó a casa de los familiares de Noriko en la tarde del 31, luego de haber sido recogido en secreto por orden de la novia en la estación de trenes por Shigeto, hermano menor de Noriko, un joven de tez aceitunada y facciones de muñeco de cera, quien prendía un cigarrillo no bien había terminado otro. Hablaba bien inglés y le cayó en gracia a mi padre desde el primer momento, sensación que le sirvió de pivote para continuar con ese extraño día. Papá pensó que si el mundo fuera otro, si quizás ambos hubieran coincidido en otras circunstancias o en otros países, tal vez hubieran llegado a ser grandes amigos, y habrían podido salir a remar en algún río en las estivales mañanas con resaca de la juventud a contarse las vidas y los misterios no tan insondables de sus respectivas procedencias. Ya en casa de Noriko, papá hizo las venias de rigor, las mecánicas sonrisas y reverencias, actuando como uno más de los invitados occidentales de la fiesta, se sentó en *seiza*, la incómoda postura tradicional y formal japonesa, al lado de los hombres, en el suelo de seis tatamis. Noriko, sentada al lado de su gordo futuro esposo, no se atrevía a mirar a papá. De atrás de las puertas corredoras de papel entraban mujeres con kimonos ceremoniales trayendo *shochu* y sake, algo de té verde también, servido en cuencos tradicionales. La radio sonaba en alguno de los cuartos, transmitiendo los sonidos de todas las campanas de los templos budistas del país, y sus campanadas expiraban de un templo a otro para dar paso al nuevo año. Nervioso y ya acalambrado por la difícil postura, papá se sentó en posición de loto a hablar con Shigeto y a seguir con las copas de sake, mientras la noche entraba con tranquilidad en las instancias tenuemente alumbradas. Pasadas unas horas, todos se aprestaron a salir, luego de que Shigeto le informara a mi padre que iban a una celebración en un antiguo templo budista donde podrían comer y seguir bebiendo. Papá, todavía en ayunas y por ende casi completamente desmayado, agradeció la invitación gustoso.

El antiguo templo, decorado con lámparas de papel, contenía una curiosa fusión entre Oriente y Occidente: hombres en frac hablaban con otros, vestidos de kimono, al tiempo que las mujeres intercalaban sus trajes tradicionales con vestidos de noche europeos, y las conversaciones fluctuaban entre el japonés y el inglés. Había japoneses norteamericanos, y para papá, un colombiano criado en las recelosas leyes, en contra de la inmigración, de su tierra, todavía era bastante extraño, incluso divertido, el hecho de escuchar a un japonés hablando en un inglés perfecto. Papá daba vueltas, yendo de una conversación a otra sin realmente enterarse de nada, sintiéndose un extranjero y un paria y un exilado, tal vez por entonces en exceso borracho aun cuando no dejaba de buscar más copas de sake, o quizás buscando con la mirada a una inexistente Noriko, a quien en ese momento supo nunca volvería a ver.

Comprendió que su tiempo en el Japón había terminado, entendió ciertas reglas crueles del mundo de las que hasta entonces había intentado hacer caso omiso, se sintió víctima y victimario de una mujer que le sería negada, y todas éstas, sus elucubraciones etílicas, fueron detenidas por el sonido sordo y acallador de un *gong* que llamaba a la reunión de todos los presentes para celebrar la llegada del año nuevo con una curiosa lotería: una canasta de mimbre contenía decenas de papelitos con inscripciones en caracteres antiguos japoneses, en los que estaba escrita la fortuna que le depararían a cada invitado los doce meses siguientes. Cada persona pasó a tomar su ventura, y papá se puso en fila.

Luego de que cada uno tomara su papelito, el ritual culminaba con que todos los presentes iban a un árbol cercano (el cerezo que dibujó papá) y amarraban su suerte de las desnudas ramas invernales: en caso de que la providencia fuera benévola se colgaban los papelitos para que ésta se cumpliera, y en caso opuesto para conjurarla. Papá tomó su papel y como era natural no entendió nada. Buscó a Shigeto con la mirada, pero éste parecía haberse esfumado. Las otras caras no le eran familiares, pero decidido a conocer su fortuna, comenzó a mostrarle a quien se ponía frente a su por entonces tambaleante paso, la tirita donde estaban escritos los caracteres. Las reacciones de los presentes fluctuaban entre el pasmo y la mera indiferencia, pero ninguno quiso decirle nada a papá, alegando que era de mal agüero decirle a otra persona su fortuna. Agotado en sus intentos, bañado en sudor y ya con ganas de que todo terminara, papá fue al lado del árbol a hablarle y a amarrar su buena o mala fortuna en una de las ramas. Tocó al árbol, algún día su amigo, y le pidió, aunque nunca creyó en la suerte, que le permitiera nunca volver a dejar su tierra, para, al día siguiente, partir hacia Yokohama, con resaca y sin despedirse de nadie, a buscar el olvido de Noriko bajo el amplio y alto cielo desde donde podía ver los barcos. A continuación venía el dibujo del árbol y con éste el final de uno de sus diarios. Cerré el libro y sin saber muy bien la razón, tuve un fuerte deseo de llorar, sollozar acaso, allí debajo de mi cama, antigua trinchera donde conocí ese otro llanto entre risas con papá, aun cuando mi verdadera sensación era la de una felicidad y una seguridad completas.

Salí de las trincheras como imagino que lo haría un soldado después de una cruenta batalla nocturna entre luces de bengala y fuego sin discreción, en una mañana fresca entre cuerpos de amigos y enemigos sin vida, mis pensamientos encontrados, para dirigirme de nuevo al sofá iluminado por las últimas luces de la tarde, ese momento del crepúsculo en el que todas las cosas y las personas se ven bellas, humectadas por la luz de la melancolía que me había dejado el entendimiento del pasado de papá. Sentí que el relato de mi padre sobre su amor no correspondido en el Japón había sido escrito para darme clara cuenta de una verdad que mi razón poseía pero que mi corazón se negaba a asimilar: la claridad que mi mente tenía en ese entonces era tan sólo un alto en el camino, y se apareció de repente como una imagen que tenía que ver con la diversidad de los mundos, su accesibilidad, y los límites de la lucha.

Regresé el diario de papá a su lugar en la biblioteca. Tomé la libreta de notas que estaba al lado del teléfono y en una de sus hojas escribí Dolores en una caligrafía que intentaba emular la de papá. Volví al sofá, trono regio de mi prisión, y mientras intentaba poner en orden mis pensamientos la luz se hizo, claridad de minutos que no perdura pero que hace pensar que finalmente se han encontrado las llaves del Reino: papá supo a esa edad, cercana a la mía ahora, que esos mundos que nos atraen por lo distantes que parecen, sólo pueden ser visitados sin detenerse en ellos, pues desaparecen cuando se cruza el umbral. Supe que Dolores no podía perdurar en mi vida, aun cuando mi tozudez de mulo viejo me hiciera seguir trotando por un buen tiempo más, porque pertenecíamos a mundos diferentes, mundos que ninguno de los dos estaba dispuesto a abandonar. Papá supo junto al cerezo del que colgara su fortuna que Noriko jamás estaría con él, porque la solidez de su mundo se lo impedía, sumado al hecho de que él sería incapaz de pedirlo, de siquiera insinuarlo, fiel habitante de su soberbia y rígida fortaleza mental. La única paradoja de su relato, lo único dejado sin explicar, pero que todo lo aclaraba, fue la frase en que se arrepentía por el sexo tenido con Noriko antes de su regreso. Papá visitó ese mundo ensoñado, quizás dañando de alguna manera a su amor transoceánico para siempre, a la vez que ese mundo en el que él fuera lo misterioso lo transformó también por siempre. Su astucia, o la suerte que su sino le deparara, fue saber cuándo retirar las naves. Visitó ese otro mundo y se retiró a tiempo, cuando aún no perdía demasiado.

Recuerdo una frase que me dijera papá por los años en que yo comenzara a salir con mujeres: "nunca salgas con una muchacha con la que no te imagines casado", y en estas palabras de timbre tan ingenuo, se expresa, ahora que conozco su historia, la prudencia del jugador paciente. Él visitó el que yo imagino atractivo mundo de Noriko, pero con la conciencia de sus más de veinte años supo que no podría detenerse allí, porque quizás su sólida confianza en sí mismo le haría saber que el momento para hacerlo llegaría años después.

Mi trono estaba en tinieblas, ya era noche cerrada, pero la nueva claridad en mi interior me dijo que no era necesario que me parara a prender las luces. Había escuchado por primera vez a papá como siempre lo esperé: quise entender su relato como un regalo, y sus consejos no intencionados, a los que yo atendí como un alumno aplicado haría con su maestro dilecto, fueron puntuales. Papá me decía: "hijito: si quieres llegar al final de esos mundos que en ocasiones se nos antojan escabrosos pero atractivos, es decisión tuya y de nadie más. El único mundo que podrás cambiar es el propio", y aquí recordé otra de las frases que algún día me dijera con una comprensiva rabia, luego de que mi pueril juventud casi me llevara a la muerte en un accidente de carro del que salí ileso sólo gracias a la distensión de mi alcoholizado cuerpo, y por las expectativas, que sólo tiempo después descubriría, había puesto en mí el dios borracho que vela por mi existencia, para su júbilo y grato esparcimiento: "pelea tus propias batallas". Los consejos de mi padre eran los mismos que cualquiera de mis amigos habrían podido darme, pero era más fácil y más bello creerle a los muertos. La verdad que mi padre me reveló en ese momento en que finalmente quise escucharlo, fue el ungüento que refrescó mi acalorado cuerpo cansado de cargar un madero que yo mismo había construido. Las palabras de papá tenían el mismo efecto de un delicioso y fresco paño que limpiara mi frente. Sus palabras eran la Verónica limpiando el sudor del rostro de Jesús. Esas frases, escritas con cierta belleza, me llevaban a la misma encrucijada en la que él alguna vez estuvo y en la que yo entonces me encontraba, cuyos senderos parecían preguntarme: ¿quieres seguir por ese camino dudoso y azotado por los vientos en el que te encuentras?, ¿quieres reventar intentando cambiar lo inmutable?, preguntas que dieron una pasajera paz a mis sentidos.

Prendí la lámpara de pie que estaba al lado del sofá y tomé el papelito en el que hacía unos momentos había escrito el nombre de Dolores, lo enrollé y le hice un nudo con un hilo suelto que salía de mi camisa blanca, le pedí disculpas al olivo, mi comprensivo amigo, y lo amarré de una de sus ramas como décadas atrás lo hiciera mi padre en otro árbol allende el océano. Finalmente también había comprendido esa otra frase de mi padre leída hacía un tiempo gracias a un azar inexplicable: "Lo auténtico japonés es lo que no se ve". Papá: desde tu pronta marcha nada cambió. Sigo siendo tu hijo menor en quien siempre depositaste una confianza superior a la que ahora tengo en mis posibilidades. Agradezco tus lecciones silenciosas de fortaleza y humildad, tu dedicación sin límites, tu eterno deseo por conseguir nuestro bienestar. El mundo en que yo vivo es tu mundo, un mundo noble donde la dicha es posible. De ti aprendí la canción del silencio. Ahora sé lo que tú me decías sin palabras.

ESTACIÓN SÉPTIMA
CAE POR SEGUNDA VEZ

Acompañado por Felipe, comandábamos el carrito del supermercado al que habíamos entrado una buena tarde de mayo sin aguaceros, imaginando que el mundo debía vernos como una pareja de viejos homosexuales que dedicaban sus horas a la búsqueda de la mejor alimentación, último bastión del placer en un mundo que no ofrecía ya mayores alegrías.

Yo había decidido gastar mi último sueldo de la revista en un almuerzo con la única persona que caminaba a mi lado, codo a codo, en ese momento. Después de evitar la sección de licores (ya que habíamos decidido dejar de beber por un tiempo indeterminado), y de sólo coger unas cervezas sin alcohol, fuimos a la sección de pescados, donde compramos una abundante ración de langostinos tigre, que estirados, creo, lograrían una envergadura de dieciocho centímetros a ojo de buen cubero, y que procederíamos a cocinar al ajillo, con acompañamiento de un sobrio arroz blanco en su punto y una ensalada verde con diferentes tipos de lechuga. Felipe y yo caminábamos a velocidad crucero por los pasillos del supermercado como Quijote y Sancho, derrotados e intentando luchar contra los remolinos del alcoholismo, quienes sólo se tienen el uno al otro, y que por más que lo intenten no pueden parar de divertir al mundo. Felipe, largo y esquelético, caminando a mi lado, enano y rechoncho, servíamos de divertimento visual para más de un comprador casual. Finalizamos las compras y fuimos a la caja registradora a pagar y no compramos cigarrillos porque también habíamos decidido dejar de fumar.

Ya en casa dispusimos la mesa para nuestro pequeño banquete, encarnando a la perfección nuestra imagen de viejos homosexuales que no cejan en sus mutuas atenciones, incluso prendimos unas cuantas velas. La cocción estuvo a cargo de Felipe, quien supo no reparar en las cantidades, tarea que llevó a cabo con bastante seriedad, aun cuando no paró de reírse con mis histriónicos lamentos. Nos sentamos a la mesa y brindamos con nuestras cervezas sin alcohol por mejores tiempos. Los langostinos habían quedado inmejorables, en el punto justo en que la mantequilla se funde con el ajo de tal manera que ambos ingredientes forman una pasta que se desliza delicadamente sobre la comida, bañándola, y hay salsa suficiente para remojar todo el arroz, que también había quedado perfecto, por lo que tras los primeros bocados no pude dejar de decirle a Felipe: "¿Por qué no eres una mujer?", a lo que él respondió con la humilde sonrisa falsa del cocinero que sabe que su creación ha quedado impecable.

Continuamos comiendo nuestros platos, casi sin hablar, entregados a esa forma única de meditación y comunicación con el mundo, hasta que quedamos completamente saciados, cercanos de culparnos por haber comido tanto, por lo que resultó un esfuerzo sobrehumano el pararme para ir a preparar el café. Deseé un cigarrillo con fuerzas, pero supe que el no fumar representaría un paso de avanzada en el nuevo rumbo que quería darle a mi vida. Cuando regresé con los cafés, Felipe estaba poniendo una recopilación de canciones de Serge Gainsbourg que yo había comprado por esos días con los estertores de mi último sueldo. Nos sentamos enfrentados, cada uno en un sofá, mientras nos dejábamos inundar por la oculta tristeza de Serge.

Durante la compra en el supermercado, luego en el carro, y finalmente durante la cocción y la comida, yo había esbozado los trazos del gran cuadro de mi mullida tragedia, que entonces me dispondría a completar, tan pronto el incauto Felipe se descuidara y me dejara explayarme en las que para él ya eran viejas y aburridas historias. Mientras el filón esperado se mostraba, seguimos hablando sobre mi renuncia a la revista. Felipe me decía que había visto varias veces a Amparo desde nuestro incidente, y que ella, reconociéndolo como mi amigo, no paraba de lanzarle miradas que habían pasado desde la incomprensión hasta el lamento, para derivar en el desprecio y, en los últimos días, en la coquetería. Me cubrí la cara con las manos al tiempo que lanzaba un mudo grito de dolor, para luego pasar a decirle exaltado y sonriente, desde la nueva enfermedad que se había apoderado de mi cuerpo, infección que consistía en soñar que todos los pensamientos que cruzaban por mi cabeza, por absurdos que parecieran (y mientras más absurdos parecieran), debía llevarlos a cabo al instante, cosa que naturalmente nunca realizaba, ya que por fin había comprendido las palabras de Napoleón, quien alguna vez afirmó: "Las únicas batallas que se ganan huyendo son con las mujeres", y por eso, desde mi nueva enfermedad deseé que Felipe también se retirara de la revista, y que ambos nos fuéramos a las antípodas a intentar reinventar nuestras vidas desde los inicios, como si hubiéramos comido del olvido en la isla de los lotófagos. Felipe se emocionó con la historia, incluso sé que llegó a deleitarse al saborear la idea, pero yo sabía que nunca la llevaríamos a feliz término.

Hacía un día bochornoso y, luego de almorzar, dicho calor comenzaba a adormecernos. Felipe se arrellanó en el sofá junto al equipo de sonido, y empezó a chasquear los dedos siguiendo la invitación proveniente de la canción. Estaba complacido de estar con mi amigo, dos jóvenes sintiéndose viejos y haciendo cosas de viejos, atemorizados de un mundo que creíamos comprender demasiado. Sin embargo, ambos sabíamos en lo profundo que ese estado de cosas algún día cambiaría, o al menos adoptaría otra forma, nos deteníamos simplemente allí por el abismal ocio de nuestros días, por nuestra desmesura de creer comprender en exceso ese mundo del cual en verdad sólo conocíamos los contornos, y ante todo por la inmensa pereza de salir a confirmar lo que ya sentíamos como un axioma algebraico.

Todo el último mes yo había estado sin Dolores, ella me había dicho que se iba de vacaciones con sus amigos de la universidad a alguna de las playas de

Ecuador, noticia que por poco me provocó un colapso, la locura y la ceguera de los celos me impedían dormir imaginando lo que ella debía estar haciendo allí. Ese último mes yo había probado las torturas de los condenados en carne propia, sufría por mis ridículas carencias, me obstinaba en sentirme desgraciado, y parecía que nada ni nadie pudiera sacarme de donde me encontraba sumergido. Por capricho y despecho, pasaba días enteros en el sofá, inmóvil, sin desear ni esperar más que cosas horribles. Me figuraba el regreso de Dolores y las inevitables discusiones sin sentido, su indiferencia creciente, sus traiciones, la ruptura que parecía nunca llegaría, y lo curioso y más claro de ese panorama era que me causaran cierto placer esas imágenes. Me regodeaba en mi supuesta miseria como un cerdo en el fango, y esto se hacía evidente en ese momento con Felipe, en el que había comenzado a contarle toda mi historia, él escuchando divertido y comprensivo mi cadena de improperios y quejas, divertido porque él jamás (aun cuando meses atrás hubiera sufrido también en su piel las torturas de los condenados) había desplegado toda su ira e incomprensión de la manera en que yo lo hacía en ese momento, dada esa naturaleza silenciosa y precavida de indígena reservado, por la sangre orgullosa de antiguos caciques que aún corría por sus venas después de tantas generaciones de mestizaje, y que le impedía, gracias a esa fuerza telúrica que lo definía, hacer algo más que esperar pacientemente el cambio de los vientos de su vida: si las cosas iban mal, esperaba que pasara el vendaval sin desesperar, si las cosas iban bien no confiaba demasiado en ese nuevo estado de cosas. He visto quebrarse a Felipe ante alguna adversidad, por mucho, tres o cuatro veces, quizás cinco, pero eso es todo.

Nos quedamos en silencio un rato, por lo que sin decirlo, ambos decidimos que era un total absurdo seguir engañándonos por más tiempo: teníamos que salir a tomarnos unas cervezas, fumarnos unos cigarrillos, y así yo podría continuar mi disertación detallada sobre mi fracaso en el amor.

Sancho espigado y Quijote enano hicimos nuestra entrada no triunfal en ese mismo bar en que antaño yo hubiera sido un *guppy* (*Poecilia reticulata*), después de saludar al hombre de la entrada, quien una vez más me saludó con amabilidad. Luego de subir la escalera, he de aceptar que hubiera esperado que alguna de las bellas muchachas de la barra se hubiera hincado a recoger nuestros abrigos, nos hubiera llevado a la mejor de las mesas donde hermosas amazonas de a pie nos estarían esperando, al tiempo que, sin preguntarlo, nos prepararían nuestros merecidos tragos, luego de la difícil abstinencia de dos días que nos habíamos impuesto Felipe y yo, pero nada de eso ocurrió: el bar de mis sueños jamás sería visto por mis ojos mortales. Nos sentamos en una mesa junto a los grandes ventanales y esperamos por lo que pareció una vida de cinco minutos, la llegada de una de las meseras, quien nos trató con algo de desprecio. Pedimos dos *whiskys*, aun cuando era mi deseo volver a flotar, quizás nadar, en una de las peceras en que otrora hubiera probado el estilo libre, pero pensé que era mejor ir con tiento. La muchacha regresó con nuestros tragos e inmediatamente nos pasó la cuenta. "A mí me respeta, joven", gritó la Voz en mi interior, pero sólo dije que tenía una cuenta abierta y que hablara con el dueño, quien ya se acercaba a explicarle mi posición privilegiada en ese bar a la nueva mesera. La muchacha nos ofreció disculpas, al tiempo que mi interior se hinchaba como un sapo toro después de haber sido molestado. Felipe sonrió, imagino que leyendo las vanas estupideces que cruzaban por mi cabeza, y prendió su primer cigarrillo del día. El bar estaba lleno pero aún se podía respirar, y cuando tomé el primer trago de *whisky* sentí una epifanía. Pensé que sería bueno dejar de beber por temporadas, sólo para poder disfrutar de ese momento en el que me encontraba, y deleitarme con el placer del reincidente.

—Se llama Ramón —le dije a Felipe—. El nuevo nombre que el dios borracho le puso a mis penas es Ramón. Me parece que todo concuerda bien.

Felipe estuvo a punto de escupirme su *whisky* en la cara, pues yo me había olvidado de prepararlo para tal delicadeza, y mi amigo por poco se ahoga entre risas, al tiempo que abría sus tristes ojos negros enmarcados por las gafas. Terminó de reírse, luego de haber sabido contagiarme, para pasar a decir, casi serio, que debía deshacerme de Dolores, que aún estaba a tiempo y no había alcanzado el nivel de estupidez al que me veía dirigirme decidido. Supe que Felipe no quería que yo culminara el recorrido que meses atrás él había padecido, pero también entendí

que él sabía que yo sería incapaz de hacerlo. Volví
a contarle por enésima vez mi vida con Dolores,
desde sus inicios hasta ese momento, y aun cuando
yo sabía que Felipe había escuchado mis lamentos
desde siempre, también era bueno saber que él era
de esas personas que, incluso cuando han escuchado
la misma historia una y otra vez, logran encontrar
alguna suerte de dicha en las traqueteadas narra-
ciones de un amigo a quien realmente sólo pueden
ayudar de esa manera. Volví al tiempo de ensoñación
eterno con Dolores, me detuve en la noche de las
cervezas con Martín, haciendo parangones con su
historia con Silvia y uno de nuestros amigos, para
finalmente desembocar en ese momento en el que
mientras ella se encontraba en las playas de Esme-
raldas, teniendo una nueva e inmerecida luna de
miel con su moderno amigo, yo me encontraba en
el ecuador de mi miseria.

Sentí que esa noche era la indicada para todo tipo de
reinserciones: volví a beber como un arriero luego de mi
período abstinente, me regodeé en la narración de mis
insulsos dramas, que para cualquier otro humano hubieran sido sólo la descripción de un idiota redomado
sin ninguna clase de poder sobre su vida, ningún tipo
de voluntad. Fumé en exceso, y la mejor sensación
que recuerdo de esa noche, a pesar de saber que había
decenas de mujeres a nuestro alrededor, fue haberme
aislado con Felipe en nuestra pequeña ínsula de viejos
homosexuales, de viejos Quijote y Sancho, escuchando nuestros lamentos y nuestras risas, dejando que el
alcohol nadara libre por nuestras venas.

Bajamos abrazados rumbo a mi carro, mientras yo sentía que tras esa noche con Felipe, luego de haber vaciado una vez más toda mi ira y resquemor por Dolores y hacia su mundo, tendría las fuerzas necesarias para decirle de nuevo cuando regresara que la quería fuera de mi vida para siempre. Dado mi penoso estado, Felipe, quien no se encontraba mucho mejor, tuvo que conducir mi carro. Abrió las dos ventanillas para que entrara el viento reanimador y arrancó con cierta dificultad. Allí dentro, yo sólo podía concentrarme en el ejercicio de respirar, era difícil mirar al frente sin sentir las arcadas, pero igual intenté sintonizar una emisora de radio que nunca llegué a encontrar, pues cuando creía haberlo logrado, ya habíamos llegado a mi casa.

Nos bajamos tambaleantes y Felipe tuvo que prestarme su hombro para que yo reposara mi peso en él. Luego de conducir parecía reanimado y dijo que me iba a subir a mi casa. Yo le dije que se podía quedar a dormir si quería. Subí los peldaños de las escaleras del edificio, donde en la entrada me esperaba Juber con ruana y pasamontañas.

—¿Está bien don Aníbal? —preguntó mientras Felipe le pedía que lo ayudara a subirme. Yo sólo pensaba en Dolores y en las palabras que le diría cuando la volviera a ver, de nuevo con mi inmaculada camisa abotonada, cuando Juber, agobiado por mi peso y terciándose su escopeta milenaria recortada dijo—: La señorita Dolores vino y como tiene llaves la dejé subir.

Con la ayuda de mi fiel Sancho espigado, logré abrir la puerta de la casa, sintiendo la que imagino era la sensación de los cristianos antes de ser enviados a la arena del gran circo romano para ser devorados por los leones, en medio de los vítores de las multitudes ansiosas. Entré trastabillando y vi a Dolores velada por la bruma de mis ojos, morena por el sol que debió tomar mientras cabalgaba el pecho de su moderno amigo, visión que me catapultó sin dilaciones, y sin siquiera saludarla fui a la intimidad del baño, último bastión en el que vaciaría el veneno de mis válvulas, abrazado amorosamente a la cóncava taza, a la que agradecí por siempre estar allí, esperándome. Perdido en ese mundo al que en ese momento sentía como un acogedor útero, me substraje por unos instantes de mis vanos problemas y sufrimientos, los únicos sonidos que escuchaban mis oídos eran los de mi garganta convulsa, y entre lágrimas sentí el alivio del penitente que finalmente ha logrado confesar sus culpas. Vomité por lo que parecieron horas, deseando con ansias jamás tener que volver a salir de ese lugar amado, hasta que no tuve más bilis en mi interior y me quedé desparramado al lado de la taza, agotado y casi feliz. Sentí dos golpes en la puerta, la cual no sé por qué habré cerrado, misteriosos movimientos involuntarios del pudor que operan maquinalmente, para luego escuchar la voz de Felipe, quien me preguntaba si estaba bien.

—En peores calles... —le dije, tranquilizándolo, para comunicarle que en un momento saldría, que necesitaba descansar un rato más allí dentro. Luego Dolores repitió con dulzura la pregunta de Felipe, y yo arrogante y ridículo permanecí en silencio. Después salí del baño dispuesto a hacerle frente a la noche que me restaba.

Dolores se levantó del sofá y vino a mi encuentro, me abrazó el cuello al tiempo que descansaba su cabeza sobre mi pecho, y dijo que le dolía mucho verme así. Yo me quedé parado en mi rígida postura marcial sin responder a su abrazo, aun cuando lo que más hubiera querido en ese instante era abrazarla y besarla. La separé sin violencia y sólo le dije que me habían caído mal unos tragos que me había tomado con Felipe, porque en el largo período de abstinencia que habíamos tenido me había desacostumbrado a beber. Felipe sonrió y la atmósfera se distendió un poco. Nos sentamos en la sala, yo sintiéndome de nuevo recuperado después de vaciar mis válvulas, guardando silencio, hasta que Felipe le preguntó a Dolores cómo le había ido en el Ecuador.

—Bien. Estuvimos en unas playas con unas amigas de la universidad —respondió Dolores secándose las lágrimas y riéndose un poco por su acceso de llanto.

—Y con unos amigos —comentó sonoramente la Voz por mí. Felipe y Dolores me miraron como al imbécil que era, incapaz de recuperar la que antaño fuera su camisa abotonada, y Dolores sólo pudo poner su mano sobre la mía y decirme:

—¡Ay chiquito!, no empieces. Estoy enferma.

—¿Qué tienes? —le preguntó Felipe siempre oteando el mundo que arde.

—Una gripa. Y fiebre —respondió Dolores al tiempo que tomaba mi mano y la ponía sobre su frente para que yo confirmara sus dolencias. Me conmovió verla así, desvalida y febril.

En ese momento agradecí que Felipe se levantara de su puesto y dijera que se marchaba, obligándome a pensar en otras cosas. Le dije a mi amigo que por favor no lo hiciera, a lo que él me respondió con su alto silencio. Saqué unas cobijas y sábanas y le preparé el sofá. Dolores se despidió con un beso de Felipe y le dijo que por la mañana hablaban, para luego encaminarse a mi cuarto sin haber sido invitada. De nuevo mi amigo guardó silencio y tuvo la decencia de no mirarme a los ojos. Le di un abrazo y un beso en la mejilla, al tiempo que le agradecí calladamente su presencia en el mundo. Después fui a la habitación, donde Dolores me esperaba sentada sobre la cama. Su belleza me volvía a traicionar y quise que nunca se fuera de allí. Luego escuché cerrarse la puerta, señal de que Felipe se había marchado, de esa manera haciendo inmanente una vez más su silencio que todo lo dice, dejándome a su vez con una sensación de abandono que iría creciendo a lo largo de la noche, la partida de Felipe sumándose a la que pensaba era la traición de mi madre, su alianza con Dolores y el olvido de su hijo.

Dolores me estiró sus dos manos en un gesto dulce y suplicante, a la vez que me pedía que la cuidara y la ayudara a quitarse la ropa. Levantó sus brazos al cielo y yo procedí a quitarle su camisa negra de puntos blancos. Ella se quitó pudorosamente el *brassière* mientras cubría sus estrábicos senos. Se puso una camiseta azul de algodón, mía, y pasó a desapuntarse el pantalón y a estirar sus largas y entonces bronceadas piernas. La despojé de los pantalones, y al verla en ese estado que atraía todo mi deseo sentí que podía perder la razón, cosa que ella pareció comprender al instante, por lo que se metió dentro de las cobijas y me repitió:

—Estoy enferma. Tú sólo quieres tirar todo el día. Sólo quiero que durmamos.

La cólera subió por mi cuerpo hasta casi hacer estallar mi cabeza, pero logré refrenarla yendo al baño a proferir un grito silencioso y a buscar una piyama. Maldije a Felipe, a mi madre y hermano por haberme abandonado justo en ese momento que tanto los necesitaba, pero preferí pensar que ésta había sido otra señal enviada por las altas esferas para obligarme a abandonar los soportes de mi vida y hacer frente a los embates del mundo, templando el movimiento del capote o de la muleta para la embestida del toro que acababa de salir de los corrales.

Regresé a la habitación, a mi arena monumental donde nunca se había derramado la sangre, entonces a oscuras. No prendí las luces y busqué a tientas mi cama donde Dolores estaba profundamente dormida, de cara a la pared, de espaldas al mundo. Orgulloso y ridículo me metí debajo de las cobijas, también de espaldas al mundo de Dolores, quien además dormía ocupando más de la mitad de la cama. Mi orgullo, que no quería tener el menor contacto con su mundo, buscó la irritante manera de acomodarse sin rozar un milímetro de su cuerpo. Las oleadas de adrenalina que arremetían contra mi cabeza me impedían conciliar el sueño (dudaba entre la inmediata expulsión de Dolores de mi vida o el inicio de una penosa existencia como violador), ya que debido a su estado febril había comenzado a sudar a mares y su olor almibarado, que en otra persona me habría producido arcadas, unido a la imagen mental de su cuerpo, se fundían en mi cabeza enferma. Supe que la ilimitada indecisión de mi vida, mi cobardía de entonces, me impedirían llevar a cabo cualquiera de los pensamientos que surcaban mi cabeza, supe que Dolores me seguiría llevando con su rienda corta hasta que se agotara de mí o me reventara, y este conocimiento de la imposibilidad de decisión ante las adversidades de mi vida carente de problemas reales, significó la comprensión de mi nueva caída, yo era Jesús cayendo por segunda vez, el peso de la cruz me había vuelto a hacer hincar la rodilla en tierra, un Jesús hedonista que ha olvidado su deseo de salvar a la humanidad y sólo quería salvarse a sí mismo.

Dolores, desde su conocimiento de la masculinidad, debió haberse percatado de mis penosos pensamientos, o quizás mi respiración de fuelle excitado se lo hiciera saber, por lo que se dio la vuelta para abrazarme y decirme al oído que a la mañana siguiente tiraríamos pero que esa noche se sentía enferma y cansada y sólo quería algo de mi comprensión y de ese estado del alma que la había hecho enamorarse de mí cuando me conoció. Intentando ocultar lo que ya era evidente, le dije que no estaba pensando en eso, sino que la temperatura ambiente, unida al calor que ella irradiaba, mezclados con mi reverberante radiador corporal, estaban a punto de asfixiarme. Dolores se rio y pateó las cobijas que cayeron al suelo, para volver a abrazarme con sus brazos y piernas como una cría de mandril que descansa sobre los hombros de su madre que salta entre los árboles. El calor era inaguantable, por lo que tuve que zafarme de su abrazo, aun cuando jamás hubiera querido hacerlo, y estiré el brazo para prender la lámpara del nochero y así guiarme hasta el baño para darme una ducha fría.

La luz nos enceguecí a ambos, y cuando comenzaba a graduar mis ojos miopes con las formas y colores del mundo de mi habitación, antes de levantarme advertí una mancha azul en la entrepierna de Dolores, quien me miraba desde su ensueño. Por un momento pensé que era un hematoma producido por un golpe. Me puse las gafas y me acerqué como un niño curioso que ha levantado una piedra y desea ver el microcosmos de insectos que habitan allí abajo, para darme cuenta que en vez de un hematoma era el manchón no borrado de lo que había sido un corazón en el que estaban escritos los nombres de Dolores y Ramón cruzados por una flecha, grotesco manchón que pensé haría estallar de risa a la Voz en mi interior, la cual por primera vez no me hirió con sus dardos, y por el contrario se quedó perpleja y silenciada. Mi cabeza perdió su presión: empecé a vivir en un mundo con gravedad cero. Como el mismo niño curioso que levantó la piedra y encontró un horrible insecto lleno de antenas y ojos, ya para entonces por completo aterrado por esa visión infernal, le pregunté a Dolores qué era eso. Con rapidez salió al quite y me dijo que era un dibujo que se había hecho para matar las horas muertas, un ejercicio que hacía constantemente en todo su cuerpo con diferentes nombres y palabras al igual que lo hacía en las libretas de notas mientras hablaba por teléfono. Yo sabía que esa no era la caligrafía de Dolores y mi dolor de mundo por poco me asfixia con sus afiladas zarpas, aun cuando logré balbucir que yo sabía que esa no era su letra, a lo que ella me respondió adormilada entre arrogante y divertida:

—¿Y qué si no es mi letra? —todavía delirante por su fiebre y su enfermedad, conocedora de la total potestad y dominio sobre mi vida, y ya cansada de mis celos e inquisitoriales preguntas que querían devolverla a un estado de culpas que no sentía, que nunca sintió y que nunca sentiría.

Me quedé mudo percibiendo en su totalidad ese nudo en mi garganta que se había ido embrollando desde el momento en que descubriera las primeras traiciones de Dolores, es decir desde que me ofreciera el primer trago de cerveza con ese "¿Quieres?", el día en que la conociera y que meses después la llevaría a aliarse con mi madre en mi contra, mudo al ver materializada la prueba reina de mis elucubraciones mentales representada en ese corazoncito estampado en su entrepierna, nudo ciego que tenía en mi garganta y que curiosa, paradójica y a la vez comprensivamente se fue soltando ante mi entendimiento, con tanta simpleza como cuando aclaramos la voz mediante un carraspeo, con tanta facilidad como cuando soltamos los cordones de nuestros zapatos viejos.

ESTACIÓN OCTAVA
CONSUELA A LAS MUJERES

Y entonces la luz se hizo. Sentí una total comprensión de cada uno de los pormenores de mi existencia, sentí ser el agua que fluye cristalina por los ríos de otros tiempos, sentí la fuerza correr por mi interior y ésta me hacía uno con el árbol y la roca y el cosmos, era como si hubiera destapado mi cabeza y la hubiera drenado de todos sus miedos, de todas sus inseguridades, haciéndome sentir libre e iluminado por un fuego interno que ardía en el mástil de mi vida como el de san Telmo al que adoraban los antiguos marinos. Aun cuando era noche cerrada, las habitaciones en penumbra de mi casa se iluminaron, no con luz blanca y artificial, sino con una cálida, el sol, mi vida brilló dejándome en ese lugar en el que el bien y el mal son sólo conceptos de nuestra falible y limitada condición de seres humanos. Le sonreí maternalmente a Dolores, quien imagino que esperaba el llamado para un zafarrancho de combate, le di un beso en la frente y le dije que durmiera tranquila pues tenía que descansar y recuperarse de sus dolencias, que yo estaría allí para cuidarla, siempre. Me quedé a su lado acariciándole la cabeza y pensando que todo lo que había ocurrido entre nosotros sería fácilmente comprendido y perdonado, hasta que se quedó dormida.

Me paré de la cama sin hacer ningún ruido, justo en el momento en que los primeros albores de la mañana comenzaban a despuntar, rumbo al estudio, donde en ese instante se encontraba el bonsái de olivo, al que iría a perdonar por la visión futurista que yo había tenido, en la que en algún momento de nuestras vidas compartidas, él sentiría celos infundados hacia alguien cercano a mí. Le di de beber agua suficiente y refrescante, al tiempo que lo consolaba, acariciándole las hojas, de esta manera introduciéndolo en la nueva atmósfera de compasión de la que mi vida respiraba, puesto que si la pasión era y es sufrimiento, yo sufriría con y junto a él. Luego saqué un bloc de hojas blancas de uno de los cajones del escritorio, en las que empecé a escribir un acto de contrición y de perdón hacia el mundo, sintiendo que esta vez yo era el gran orador, el gran sacerdote de todos los púlpitos del mundo, haciendo ver a Martín, quien también se subiera a predicar, como un novicio en el arte de la oratoria, del perdón y del conocimiento del espíritu humano, tan sólo un pastor, quizás.

Entendí ese antaño sufrido dolor de mundo, dolor disculpable en quien suele odiarse y no acepta su vida tal y como es, supe perdonar a la Voz, quien me seguía gritando allí dentro que dejara de engañarme. Le dije: "Voz: te perdono y te respeto. Sé que has tenido una vida difícil, carente de luz y amor, y sólo ves al mundo como un lugar oscuro. Te perdono, hermana, porque te comprendo. Levántate", a lo que ésta respondió con carcajadas, diciéndome que finalmente había perdido el juicio. Luego volví a las hojas en blanco y comencé a hacer una lista de cada una de las personas a quienes perdonaría con amor y humildad, y a quienes llamaría por su nombre tan pronto fuera una hora más elevada: no quería interrumpir el sueño de nadie, aun cuando tenía el ávido deseo de volcarme a las calles a perdonar al mundo.

Empecé el listado remisorio no en orden de afectos o de malsanos apegos sino a medida que las figuras de esas personas queridas iban viniéndome a la cabeza: comencé perdonando a Felipe por haberse adelantado a mi sufrimiento en el mundo de las pasiones, por haber cargado esa cruz que sólo me pertenecía a mí, cruz que yo habría querido cargar por él. Continué absolviendo a mamá por haber guardado los secretos de sus conversaciones con Dolores, por no permitir que su vida fuera como el libro abierto que siempre había sido, en últimas por haberse permitido una licencia que no correspondía a su naturaleza de justa. Luego perdoné a Martín por la noche de las cervezas y por las varias noches siguientes, pobre mortal que olvidó el respeto y la decencia: "Martín: te perdono siempre, aunque sé que tú no habrías hecho lo mismo conmigo", escribí henchido de emoción por la admirable capacidad de grandeza y de indulgencia a la que había llegado.

El sol ya había salido por completo. Me paré a abrir las ventanas. Y volví al escritorio y a mi listado: "Papá: te perdono por haber manchado el mundo de esa mujer a la que amaste en el Japón de una manera carnal y concupiscente, tu juventud te impidió comprender que el amor no debe estar unido a lo físico, confundiste el amor verdadero con la lujuria, pero sé que tu vida estuvo marcada por ese estigma del que al final de tus días supiste librarte gracias a tu entrega incondicional y al servicio que supiste darle a tu comunidad y familia". Pasé a exonerar a Juan, mi hermano querido y de sangre, a quien no tenía mucho que perdonarle, aun cuando sentí que era mi deber absolverlo por ser un poeta. Avancé perdonando a Jairo por ser tan lúbrico, a las secretarias de la revista, a Sandra y Amparo por ser tan coquetas, a la muchacha de contabilidad por ser tan simple, a la gordita de la barca y su sonrisa amable por haberse permitido caer en el pecado de la gula, a Silvia por haber hecho sufrir a Felipe con tal desparpajo, a mi amiga Liliana por haber hecho de su corazón un músculo distendido, incapaz de amar verdaderamente, a Juber por permitir que mi antiguo yo lo maltratara con sus modales de señorito insolente, y finalmente perdoné a Dolores por su resentimiento, por su vanidad y coquetería, por su infidelidad y, en últimas, por haber nacido en un mundo que jamás la comprendería. Feliz con este acto de misericordia, decidí por último escribir un epílogo en el que me perdonaba por haber vivido tanto tiempo en ese mundo de sombras que no me pertenecía, por haber hecho de lado mi verdadera naturaleza redentora, aun cuando volví a recordar al joven Francisco Bernardone de Asís, el hijo del mercader de telas, quien también en sus años mozos se había entregado a las armas y a los espejismos que este mundo seductor nos ofrece.

Justo en el momento en que puse punto final al listado inaugural de una serie de listados misericordiosos que pensé que llevaría a cabo durante los días y años que me tocara en suerte vivir, escuché la voz de Dolores, débil y entrecortada por la enfermedad, quien me llamaba desde la habitación con sus maullidos. Fui sin demoras y la encontré pálida y con los labios partidos por la fiebre, todavía enrollada como un gato, con la mirada extraviada y acuosa, pidiéndome que le trajera algo de beber, que la sacara de su miseria. Corrí a la nevera, donde por suerte aún tenía una jarra con agua filtrada, la cual prontamente vertí en un vaso largo. Fui al baño para buscar en el botiquín alguna medicina contra la gripa, pero sólo encontré una caja de aspirinas vacía y un tarro con copitos de algodón sin usar. Le llevé el agua a Dolores, quien se incorporó con dificultad, y comenzó a tomar del vaso con sus dos manos como si de una vasija ceremonial se tratara, mientras yo le ayudaba a sostener su cabeza, la cual aún estaba húmeda por el sudor de su noche de convaleciente.

Me puse la ropa que tenía tirada sobre una silla de la habitación y le dije que iría a una farmacia para comprar remedios y a una tienda para comprarle jugos y líquido, mientras veía a Dolores divertida, riendo entre toses, porque algo de mi apariencia o de mi fisonomía le había caído en gracia. Le respondí que la apariencia y todo ese tipo de cosas ya no me importaban, al tiempo que le daba un beso en la frente, y ella me decía que no me tardara porque le daba miedo quedarse sola.

—El miedo es una esclavitud —le dije. Y este comentario hizo que ella desviara sus ojos al techo, para
luego decirme que no sabía qué clase de nueva estrategia
ridícula estaría yo intentando utilizar para confundirla.

En la portería encontré a Juber escuchando música
en su radio transistor. Fui a abrazarlo y a decirle que lo
perdonaba por haber dejado entrar a Dolores sin mi
consentimiento, al tiempo que le ofrecía disculpas por
haberme comportado de esa manera lamentable, a lo que
él me respondió extrañado, zafándose de mi abrazo:

—Tranquilo don Aníbal, no se preocupe, usted
estaba muy borracho.

Salí a las calles decidido a cumplir mi nueva labor,
la cual inauguré deseándoles un buen día a un par de
recogedores de basura que trabajaban laboriosamente
con sus escobas. Me levantaron las manos enguantadas,
sonriendo, y pensé que justamente eso era lo que más
necesitábamos en el mundo: un poco de afecto y de
amor expresados en los acontecimientos cotidianos.

Embargado por ese pensamiento liberador, pasé
a abrazar el árbol que estaba frente a la portería de
mi edificio y a decirle: "Hermano árbol: te quiero",
para seguir mi caminar acelerado, rumbo al mundo y
a la farmacia que quedaba a unas cuadras de la casa,
caminar que hizo que cruzara una calle sin mirar los
carros que venían raudos, haciendo que por poco dos
de ellos se estrellaran, y por lo tanto recibiendo un
largo oratorio de improperios gritado por uno de los
conductores, a quien perdoné de inmediato por sus
afanes producidos por este mundo caótico y acelerado: la hostilidad humana me era indiferente.

Me detuve un momento a sentarme en el borde de la acera de una calle en reparación por donde no transitaban los carros. El cielo alto y despejado sobre mi cabeza permitía que el sol me bañara sin hacerme daño. Cerré los ojos por unos instantes y una fresca brisa proveniente de los cerros me acarició la cara llenándome de tranquilidad y alegría. Allí, sentado en loto, con los ojos cerrados, descubrí que tras los sonidos de la ciudad aún se podían escuchar los pájaros, quienes con sus trinos y gorjeos me hicieron saber cuán poco les importaban nuestras ansias y nuestras ciudades. Abrí los ojos y vi a los mortales con sus temores desconocidos o no aceptados, caminar o conducir acelerados con sus ímpetus extravagantes, intentando ganar esa carrera contra el tiempo a la que les han obligado y enseñado a seguir. Los perdoné con afecto, a la vez que me hubiera gustado escucharlos, saber lo que tenían que decir, quizás abrazarlos y dejar que reposaran sus cabezas sobre mis hombros para murmurarles al oído esas bellas palabras que antaño me dijera Salomón, hacerles saber que nada sacarían de toda la fatiga con que se afanan bajo el sol.

Luego vi a mi lado, brotando único y solitario, a un diente de león gordito y tímido. Lo miré por unos segundos y en un acto reflejo, quise tenerlo entre mis dedos, acariciarlo, desafiando la superstición que dice que éstos nacen del orín de los perros, quise darle algo de amor, por lo que lo arranqué de esa acera que hasta entonces había sido toda su vida y lo llevé cerca de mis labios, lo besé, llené de aire mis pulmones y soplé un hilillo de viento que hizo que, como si fueran pavesas, sus pétalos de finísimas hebras salieran a encontrarse con el mundo. Fueron unos instantes de tan pura belleza que acudieron de nuevo a mis ojos las lágrimas, unas cuantas cayeron sin frenos al suelo, lágrimas producidas por ese momento de tan profunda hermosura detenido en el tiempo, irrepetible y huidizo, que se unieron a unas nuevas producidas por ese mi acceso de soberbia y desmesura: había acabado con una vida bella sólo porque podía hacerlo, porque era más fuerte y orgulloso, no le había siquiera pedido perdón antes de cortarlo, de asesinarlo, por mi afán de siempre ver lo fugaz de lo bello, de esa belleza que se nos va. Quise liberarlo y lo maté. Abrí un hueco en el separador con pasto que dividía la acera de una de las casas con rejas que tenía a mis espaldas, y le di mortal sepultura al diente de león, despedazado por la ignorancia y por los afanes humanos de los que maquinalmente había hecho uso, al tiempo que, luego de disculparme con él, juraba dedicar mi vida a la contemplación de la belleza que crecía en los rincones y se erguía en todos los lugares sin intervenirla ni manipularla con soberbia a la busca de un poco más de ella. "Hermano diente de león: en paz descanses. Perdóname", dije despidiéndome de él y sabiendo en mi interior que ese lugar siempre representaría para mí un memorial, un recordatorio de mis últimos días de arrogancia y destrucción, acaso el lote donde se erigiría mi templo.

Tras unos cuantos pasos llegué a la droguería más cercana, después de haberme detenido por unos momentos en la observación del viento que agitaba las hojas iluminadas por el sol de un eucalipto al que la ciudad había quitado su profundo y refrescante olor. Dentro de la droguería esperé largos minutos a que la empleada del lugar, una gorda mujer de pelo lacado con visos rojos y con un delantal blanco, dejara la conversación acalorada que estaba teniendo con su hijo acerca de su pobre rendimiento en los deberes escolares.

Finalmente la señora colgó el teléfono rabiosa y sin mirarme a los ojos me preguntó casi con un grito qué era lo que quería. Guardé silencio hasta que su impaciencia la obligó a mirarme, y cuando lo hizo, mi cara la esperaba sonriente y fraterna, mi cara que entonces le dijo sin palabras: "Nada te turbe, nada te espante, la paciencia todo lo alcanza", para luego dar paso a mi boca, la cual le pidió amablemente algunos remedios para la gripa de Dolores, preparados que yo reconocía como no demasiado tóxicos según el vademécum homeopático de mi padre tantas veces enseñado. Mi expresión desconcertó y desarmó a la mujer, quien fue a las estanterías traseras a buscar con presteza mi recetario, quizás pensando que yo era un loco, como en otro aparte de la historia lo hubieran hecho con el bueno de Asís. Regresó con las medicinas y un semblante ruborizado a la caja registradora desde donde me cobró sin demoras. Le di unos billetes, le pedí que guardara el cambio, para finalmente decir:

—Señora: no deberías tratar así a tu hijo. Él es lo único que tienes. ¡Cuídalo! Perdón por mi atrevimiento. Que tengas un buen día y no sufras más —a lo que la mujer no supo responder nada, o quizás yo no alcancé a oírlo.

Cuando entré en casa, Dolores estaba despierta y hablando por teléfono sentada en uno de los brazos del sofá. Me levantó el brazo y llevó la mano a su boca desde donde me lanzó un beso. Sonreí y fui a la cocina donde desempaqué las compras y puse a calentar agua en una olla en la que le prepararía una sopa de verduras. Comencé a picar los ingredientes: zanahorias en cuadritos, papas en trozos más grandes, cebollas que agradecí me hicieran llorar, y mientras tanto oía a Dolores, quien imagino hablaba con Ramón, pues lo hacía en forma muy baja y con ciertos sonidos tiernos que también usaba conmigo, entre los que advertí una nueva expresión que debían utilizar en su intimidad, lo llamaba "sapito", y me pareció hermoso que se esmerara tanto en intentar llamar mi atención. Mientras vertía las arvejas en la olla, después de decidir dejar de utilizar condimentos en la comida, supe que Dolores estaba profundamente enamorada de mí: se obligaba a enfermarse para que yo la cuidara y de esa manera estar más cerca de mi mundo, violentaba su naturaleza y se lanzaba a la búsqueda de otros hombres a quienes realmente no quería, sólo para producir esos oscuros sentimientos de los que entonces no podía acordarme y de los que tan sólo enumeraba los nombres, como si fueran palabras sueltas: celos, ira, rabia, desazón, impotencia. Y todo esto lo hacía porque sabía que al hombre que yo solía ser le maravillaban todas las sensaciones producidas por esas mujeres que alimentaban su curiosidad y deseo, ella transgredía su vida para demostrar un amor inconmensurable:

había comprendido las palabras que alguna vez me dijera al hablarme de esa rareza médica que la caracterizaba, su útero en forma de corazón.

Dolores colgó el teléfono justo cuando yo llegaba con el plato y un gran vaso con jugo de naranja. Su expresión de convaleciente se había suavizado: había hablado con ganas, y su risa, aun cuando a veces tosía, sonaba clara y fluida, su cara retomaba el color, la batalla llegaba a un fin. Me senté a su lado y le pregunté por la salud de Ramón, preocupado por él, quien quizás no tuviera a nadie que lo cuidara. Dolores me miró con una expresión furiosa y no contestó a mi pregunta, se limitó a tomar del vaso y a abanicarse con la mano, por lo que tomé el plato de sopa, la cual me dispuse a darle luego de enfriarla mediante soplidos dirigidos. Primera cucharada y Dolores la escupió hacia su horizonte cercano, alegando el calor del líquido. Me detuve más en el ejercicio de enfriamiento e intenté de nuevo. Segunda cucharada y nuevas fuentes salieron de su boca, esta vez como un viejo babeante a causa de lo insípido de la sopa. Recordé culposo el no haberla condimentado: no todo el mundo tenía que acoplarse a mis nuevas decisiones vitales. Fui a la cocina donde le puse un poco de sal y pimienta a la sopa. Regresé al lado de Dolores, quien por alguna extraña razón había comenzado a verse mal de nuevo. Volvió a toser, su piel palideció, y me dijo que sentía que su cabeza iba a explotar. Le dije que tenía que alimentarse mejor, a lo que ella me respondió irritada desde su enfermedad:

—¿Y me lo dices tú que nunca comes nada y te la pasas borracho?

Le respondí que estaba completamente de acuerdo, que mi vida había estado oscurecida por la sinrazón y la desidia, que nunca nada volvería a ser como antes, y mientras lo decía, sentí como si de mis ojos se hubiera desprendido una telita que hubiera estado impidiendo mi verdadera visión de las cosas, a la vez que me habría gustado finalmente pararme a gritar a los cielos donde se encontraba papá: "Padre: el soñador ha despertado", pero me detuve de inmediato, reconociendo de nuevo otro arranque de soberbia y desmesura, por lo que guardé un silencio penitente que me permitió aceptar cuán lejos estaba del tan anhelado puerto. Tercera cucharada y las fontanas dejaron ver sus surtidores de nuevo, esta vez por el exceso de condimentación. La miré con mis ojos incomprensivos a la vez que volví a pensar en santa Teresa, pero Dolores esquivó mi mirada y sólo me dijo que tenía sueño y que no podía comer nada. Puse el plato en la mesa y saqué de mi bolsillo unas pastillas que procedí a suministrarle en dosis pequeñas, gesto que ella desde su inmensa bondad, y a pesar de la enfermedad, supo agradecerme poniendo su mano en mi rodilla.

Se levantó y volvió a la habitación donde la vi desplomarse sobre la cama, movimiento que por alguna razón la hizo reír. Permanecí en la sala, aun cuando pasé a sentarme sobre el suelo en posición de loto de cara a la ventana, queriendo en mi interior que el piso no tuviera alfombra sino que estuviera hecho de fría piedra, y me entregué al vaciar de los pensamientos y a la comunión que observaban mis ojos en el detenerse del juego entre las luces y las sombras que habitaban en este hogar pasajero en el que entonces vivía. Sumido en ese profundo estado de meditación y oración, sólo sabía que las horas habían transcurrido porque el hermano sol casi había finalizado su descenso. Me levanté, acalambrado y a punto de caer por mis miembros dormidos, rumbo a la cocina, donde serví una jarra con agua para Dolores, de la cual bebí un par de tragos.

En la habitación, la convaleciente se retorcía entre sueños difíciles y hablaba retazos de conversaciones sin sentido. Al percibir mi llegada, abrió los ojos y preguntó:

—¿A dónde te fuiste todo ese tiempo? No me dejes abandonada.

La tranquilicé y le dije que había estado en la sala al tanto de cada uno de sus movimientos, a la vez que le pasé un vaso con agua del que tomó ávida. Dejó el agua y como una niña me llamó mentiroso, lo cual me llenó de una profunda ternura, por lo que puse mi mano sobre su frente, la cual se sentía más fresca. Siguió hablando a retazos deshilados por un rato, quizás pensando que estaba rodeada de muchas personas, hasta que volvió a cerrar los ojos y no tardó en regresar a sus ronquidos pausados. Me senté en el piso, orando y meditando hasta que ambos ejercicios se transformaron en uno solo, justo en el momento que comencé a ver a la hermana luna pintar a franjas con sus rayos las paredes de mi habitación. Le agradecí su presencia y su visita a estos aposentos, para luego, tras un buen rato, pasar a disculparme por mi rudeza y falta de cortesía. Me acosté sobre el piso, cerré los ojos y en mi interior sólo habitaban cosas buenas. Fin del primer día.

Desperté un poco adolorido por la dureza del suelo, dolor que agradecí gozoso y humilde con la aceptación de este nuevo llamado en mi vida, para proceder a saludar al nuevo día y a la hermana lluvia que comenzaba a caer dulcemente sobre la tierra. Fui a la cocina donde tomé un poco de agua, y aunque tenía mucha hambre, decidí que debía dejar mis apetitos físicos hasta después de la oración matutina, la cual empecé de inmediato sentado otra vez en loto frente a una de las ventanas de la sala.

Poco antes del mediodía sonó el teléfono que estaba a mi lado. Supe que era el mediodía por la posición del hermano sol, que finalmente había hecho su aparición tras la llovizna, y no por mirar ningún instrumento hecho para tal fin. Instintivamente lo cogí, aun cuando apenas lo hice decidí que no volvería a hacerlo, queriendo con esa futura acción volver al tiempo en el que las personas tenían que buscarse si querían verse. Era Martín quien llamaba a saludarme y a preguntar dónde había estado esos días.

—Hermano querido: he estado orando, meditando sobre mi antigua vida y mis antiguos errores. Agradezco que me hayas llamado y tu preocupación por mí. Que la paz sea contigo —dije, al tiempo que escuchaba la risa de mi amigo al otro lado de la línea, quien a su vez luego me preguntó si estaba borracho. Le respondí que sí, que estaba ebrio de vida y de amor por el mundo, aun cuando le hice saber que había dejado definitivamente el alcohol.

—¿Hace cuánto, dos días? —me preguntó todavía con alegría en su voz.

—Exactamente. Dos días en los que he visto la luz
y he comprendido mi misión en el mundo —respondí
sintiendo que esos dos últimos habían sido en verdad
eternidades luminosas. Me preguntó por Dolores, a lo
que le contesté que se encontraba bajo mi cuidado pues
padecía de un fuerte resfriado. Martín dijo entender
entonces el porqué de mi hablar de imbécil, pensando
en voz alta que ésta era otra de mis tretas para retenerla
por más tiempo.

—Yo no quiero retener a nadie. Ella necesita de mi
ayuda y yo se la estoy dando —afirmé convencido,
mientras mi amigo me interrumpía para decirme que
nada de lo que yo hiciera cambiaría a Dolores, y que lo
mejor que podía hacer en ese momento de mi vida era
intentar olvidarla, no ayudarla más pues ella ya sabía
bien cómo cuidarse, y que en verdad lo que debería
hacer era ir a un prostíbulo a hacer todo lo que no había interpretado en meses, pues él daba por hecho que
todo mal de amores siempre era un mal sexual. Volví
a agradecerle por su preocupación y guardé silencio:
quería escucharlo para así poder saber en qué podría
ayudarle. El silencio se prolongó entre las pesadas
respiraciones de mi amigo, producto de su carnívora
dieta, pensé, hasta que me preguntó burlón cuándo le
concedía una audiencia.

—No te turbes en tus pensamientos, porque sabes que
te quiero bien, incluso eres de las personas que más amo
en el mundo. Ya sabes que me considero digno de tu
amistad y compañía, así, pues, ven a mí confiadamente
siempre que te plazca, y de nuestra amistad aprende la
fe —Aníbal *dicit*, al tiempo que colgaba el teléfono.

Me quedé pensando en Martín por unos instantes, queriendo encontrar la mejor manera de ayudarlo, quizás invitarlo a que continuara su camino a mi lado, para que de esta forma sirviéramos, pero supe que esto debería hacerlo con sigilo, pues el Maligno había estado tentando por demasiado tiempo a mi amigo, hecho que lo convertía en un alma difícil de purgar. Sin embargo, decidí que lo haría aun cuando me tomara todos los días de mi existencia, y esta decisión me regresó a recordar mi misión divina en la que debería convertirme en el espejo del Cristo, por lo que me paré sin dudarlo un instante, decidido a salir de inmediato a comenzar mi vida pública, vestido con la misma ropa del día anterior, la cual adopté como mi personal hábito de fraile.

Caminé sin rumbo por las calles que salían a mi paso, intentando acercarme a las multitudes que me rehuían asustadas, incomprensivas del mensaje de amor que quería transmitir, por lo que recordé a los hijos del carpintero y del vendedor de telas, quienes me dieron las fuerzas para continuar con mis empeños. Guiado por una brújula de amor llegué al lugar recomendado por Martín cuando ya la tarde caía: era Rasco's, el prostíbulo al que en otros momentos fuéramos enceguecidos por el deseo, y al que yo entonces entraba para profesar la Palabra y consolar a las mujeres.

Frente a la puerta del lugar se encontraba un hombre delgado, vestido con un abrigo que parecía el de un domador de circo o quizás el de algún olvidado botones de un hotel elegante, fumando un cigarrillo.

Lo saludé sonriendo y él me preguntó cortante en su jerga habitual si quería cocaína, pregunta que negué con respeto, para luego comunicarle que sólo quería entrar, respuesta incompleta pues hubiera querido agradecerle su ofrecimiento y disponibilidad, pero él me impidió continuar hablando y estiró su brazo para abrir la puerta y dejarme pasar, manteniendo su estólida posición de guardia acostumbrado desde siempre a las desilusiones y los malos tratos, por lo que elevé una corta oración a los cielos pidiendo por el bienestar de ese hombre al que la vida le había cortado toda esperanza.

El sitio estaba iluminado con una tenue luz roja, y tras los primeros pasos sobre una alfombra del mismo color, manchada y con varias quemaduras de cigarrillo, reconocí por primera vez, con mis justos ojos, sobrios también por vez primera en ese recinto, uno de los lugares más tristes y más bellos sobre la tierra: las ovaladas mesas vacías, la imponente barra, guardiana de lo que para mí fueran en otro tiempo líquidos tesoros, sin nadie atendiéndola, los afiches de mujeres desnudas con boas constrictor alrededor de los blancos cuellos, o con pantaloncitos rotos que hacían más evidentes sus cuerpos desnudos, las paredes hechas de espejos que nunca reflejarían a nadie, la pasarela de los espectáculos que desembocaba en otra barra vertical, donde hacían sus malabarismos eróticos las decididas mujeres que allí trabajaban, y más allá una tina y una ducha tras una ventana donde también actuaban las muchachas a intervalos de media hora.

Me senté en una de las ovaladas mesas a observarlas, y era grato verlas en su intranquila despreocupación, su orgullosa manera de levantarse ante un mundo que no cesa de interrogarlas. Estaba presenciando la belleza de la noche durante el día, sin ataduras, sin emociones por mi parte, sentía su peso ingrávido, por lo que no me perturbé con la llegada de una de ellas, una mujer mayor, obesa, quizás dos cabezas mayor a mi estatura, a las claras castigada por la vida, quien llegó a preguntarme si quería algo, sus gigantescas glándulas mamarias a menos de un palmo de mi nariz, y a quien le respondí con cariño que había venido a escucharlas, a darles consuelo. La mujer soltó una carcajada y se perdió tras una cortina llamando a un hombre a gritos, al tiempo que las otras se giraban sorprendidas o se levantaban de sus puestos alisándose las faldas. Unas me miraban con seriedad, otras me sonreían, alguna me llamó para que fuera a hacerle compañía, y a todas les respondía con una sonrisa, con movimientos acompasados de la cabeza que movía de izquierda a derecha, deseándoles toda la gracia y las buenas venturas que el corazón podía ofrecer, hasta que un hombre bajito, con bigote y frac llegó a la mesa secándose las manos en la cintura y me preguntó si me gustaba alguna de las chicas.

—Todas son mujeres de una increíble belleza —dije también sonriendo, a lo que él asintió con la cabeza, para pasar a decirme que tenía que escoger y pagar una consumición de alcohol. Le respondí que no podía escoger a ninguna pues las amaba a todas, como lo amaba a él, y que no tenía ningún dinero para pagar, pues yo sólo había venido a consolar, comentario que pareció divertir a las muchachas, pues todas se rieron conmigo, mis niñas maquilladas entendían el amor que había en mis palabras y se rieron en coro, aun cuando mi comentario pareció no divertir al hombrecito del frac, quien con un grito llamó al hombre de la puerta, la cual se abrió sin dilaciones.

El primero le informó al segundo acerca de la inexistencia de mis fondos, mensaje que hizo que el hombre del traje de domador de circo me dijera que debía irme.

—No tengo dinero y soy feliz, hermano, y aun cuando agradezco tu petición, no pienso irme hasta que estas mujeres y ustedes dos hayan sido consolados —le dije sonriendo y uniendo las palmas de las manos a manera de saludo y bendición, frase y gesto incomprendidos, pues el hombre de la puerta me asió de la camisa con violencia y me golpeó con el puño en el estómago, haciendo que perdiera el aire por unos segundos. Cuando intentaba reincorporarme, el hombre me seguía empujando sin dejarme levantar del suelo, a la vez que me gritaba entre insultos que parara de sonreír, para finalmente, ciego por la ira producida por la locura de este mundo injusto y desesperanzado, me lanzara un puño que me reventó la boca.

El gusto metálico de la sangre me recordó retazos de mi antigua vida: el levantarse por las mañanas con el regusto a sangre de mis encías heridas por el exceso de alcohol, el reflejo de los dientes y sus inflamadas raíces, los ojos tristes y violentos, como los del hombre incomprendido por la vida que me había golpeado, y el recuerdo de esos días aciagos de mi existencia en los que sufría por la única razón de no ser amado, ignorante de la misión de amor que me había sido encomendada, hicieron que no dudara por un instante poner la otra mejilla, al tiempo que le decía:

—Te perdono porque no tienes la culpa de lo que haces —frase que le permitió a ese pobre hombre vaciar su ira hacia el mundo en mi cara y mis costillas, y quien finalmente me tiró a la calle, donde me quedé abrazando los costados, adolorido y feliz, comprensivo y ensangrentado, hasta que un par de las muchachas del lugar salieron a mirarme y a ver si estaba bien. Una de ellas con un trozo de papel higiénico con el que comenzó a limpiarme, mientras que la otra me preguntaba si sabía dónde vivía, pregunta que de inmediato me recordó a Dolores y su convalecencia, su preocupación por mi tardanza, por lo que me incorporé con dificultad, todavía sonriendo, y les dije:

—Gracias bellas mujeres por su preocupación y por sus atenciones. Yo sólo vine a consolarlas y a decirles que las amaba. Por favor lleven mi mensaje a las demás. Esta noche estarán conmigo en el paraíso —para así seguir con un adolorido pero tranquilo paso de regreso al lugar donde aún no había culminado con esa pequeña misión curativa que me había sido dada.

Era ya noche cerrada mientras caminaba rumbo a casa. El mundo se presentaba como una sucesión de estrellas que se difuminaban y fingían su luz, las borrosas formas de la ciudad salían al paso y sólo era posible verlas forzando los ojos. Sabía que había caminado mucho mientras proclamaba y regalaba el mensaje al mundo, pero parecía que por una extraña fortuna, que quise pensar era la gracia divina que fluía por todo mi cuerpo, había perdido las nociones del tiempo y el espacio, aun cuando supe divisar la esquina de la calle de mi casa, por la que doblé abrazándome los brazos adoloridos.

Abrí la puerta sin seguros de la casa, decisión que había tomado para alejar los temores y los deseos de falsas posesiones materiales, esa casa que permanecería siempre abierta y sería el hogar de los pobres y menesterosos que la necesitaran, un refugio para descansar sus huesos, luego de que hubiera sanado por completo a Dolores, quien dormía cuando entré en la habitación sólo iluminada por la luz de la lámpara de la mesa de noche. La besé en la frente y comprobé complacido cómo su temperatura había vuelto al estado ideal de los 37,5 °C, gradación que recordé gracias a los obsesos días en que dedicaba mis ocios a dichos juegos, y la cubrí con la cobija que no tapaba todo su cuerpo. Apagué la lámpara y volví a la contemplación de la luna que entraba en franjas, de nuevo en posición de loto frente a la ventana y agradecido y ensoñador por los favores recibidos durante el día. Procedí a orar, reconociendo que, si bien el camino recorrido había sido satisfactorio, era sólo el inicio de una ardua labor donde las tentaciones no se harían esperar y, tras este examen de conciencia, pasé a meditar. Fin del segundo día.

Esa tercera mañana desperté con las sacudidas de Dolores, quien me preguntaba asustada qué me había pasado, yo aún sin reconocer las formas del mundo y sin comprender su preocupación. Me tomó de la mano y me llevó al baño, donde al ver la cara ensangrentada, trajo de nuevo las dolencias corporales olvidadas durante el sueño y el despertar, la imagen trajo el dolor olvidado, por lo que pensé en las ilusiones que nuestra visión ofrece y supe que el dolor, al igual que el calor o el frío, era un mero engendro de nuestra imaginación producido por la irrealidad que nuestros ojos perciben. Dolores me limpiaba con un paño húmedo al tiempo que no paraba de preguntar por el día anterior en el que la había dejado abandonada.

—Estuve entregando el mensaje de amor al mundo —respondí sonriente y luego haciendo un rictus de molestia, pues Dolores, al escuchar el comentario, limpió con violencia la cara malherida, cansada, como dijo, de escuchar más idioteces, y al no oír respuesta, finalmente, preguntarme por el lugar en que había ido a entregar ese mensaje.

—Por todo el mundo —respondí, mientras me quitaba la camisa ensangrentada, el glorioso hábito que me hacía monje.

—¿Y en qué lugar del mundo exactamente? —preguntó una vez más Dolores, mojando en el lavamanos el paño con que me curaba y que destilaba la sangre que se perdía en remolinos por el sifón.

—Por las calles, en los parques, en Rasco's, el prostíbulo —contesté feliz. Dolores me tiró el trapo con violencia a la cara, a la vez que comenzaba a gritar desorbitada una curiosa lista de improperios, entre los que recuerdo el reclamo por haberla dejado sola y enferma para irme de putas, preocupado sólo por mis placeres y por mi mundo, un mundo en el que sólo existíamos mis deseos y yo, donde las personas sólo eran títeres al servicio de mi diversión, utilizadas y olvidadas cuando se me antojaban inservibles, y reconocí toda la verdad del universo mientras me hablaba.

Recordé cómo había llevado mi vida de esa manera en los pasados años, le dije que estaba de acuerdo con todas sus palabras, pero que la nueva misión que me había sido encomendada se encargaría de borrar los pasos perdidos, esa misión que me había llevado incluso a consolar las mujeres de un prostíbulo, comentario que hizo que Dolores saliera del baño decidida, primero rumbo al teléfono desde donde llamó a alguien, y después en dirección a la puerta tras haber recogido su ya arreglada maleta. Me quedé un tiempo en el baño sin comprender nada, tiempo que pudo haber sido cinco minutos o cinco horas, sintiendo que todo lo que había hecho fue malinterpretado como en el caso de los mártires y de nuestro Señor el Cristo, para luego acercarme adolorido a la ventana, desde donde vi a Dolores parada en la acera de la calle con la maleta a sus pies y con los brazos cruzados, hasta que llegó una camioneta azul de la cual se bajó Ramón con cara de consternado. La abrazó y le dio un beso, recogió su maleta y ambos entraron para arrancar sin demoras. Fin del tercer día.

ESTACIÓN NOVENA
CAE POR TERCERA VEZ

Cuando los vi perderse tras la esquina de la calle, sentí recibir un fuerte golpe en la nuca que me hizo perder control sobre la realidad, golpe que me lanzó pesadamente al suelo que me recibió con toda su dureza, y el último recuerdo que tengo antes de perder el sentido fue el de pensar que esa era la primera vez en la vida que me desmayaba. La luz se apagó. Era mi tercera caída. El sol se sumergió y todos los caminos se llenaron de sombra.

ESTACIÓN DÉCIMA
ES DESPOJADO DE SUS VESTIDURAS

Una ráfaga de viento se coló por la puerta abierta de mi casa, despertándome. El fuerte dolor en la nuca me impedía erguirme, por lo que me dirigí a cerrarla simulando el caminar de los gorilas. Sentí el rancio olor del sudor que impregnaba mi cuerpo, realidad que me llevó a la habitación en busca de ropa limpia, camino que detuve por el llamado de mi vejiga a punto de estallar. Entré al baño y mientras descansaba mis entrañas, vi que la papelera junto a la taza estaba llena a rebosar de orines mezclados con papel y algodón y una colilla de cigarrillo, excrementos en el piso de la ducha. Giré la cabeza y en el lavamanos reconocí otra colilla, el grifo goteando. No recordaba con claridad mis pasados actos por lo que salí de allí aturdido y con náuseas, cerrando la puerta del baño tras de mí. Entré a la habitación y vi los armarios abiertos, cajones vacíos en el piso donde antaño se encontraran mis ropas; todo ido, desaparecido de mis manos para siempre. Las arcadas y una sensación de vértigo acudieron definitivas a mi debilitado cuerpo, fluidos que lograron ser acallados por la ansiedad de ver el tamaño de lo perdido.

Recorrí como un autómata las habitaciones donde no eché nada en falta, certeza que trajo una confusión, a la que en su momento sólo encontré la fácil respuesta de quien no da más: tenía que irme de allí, y esta verdad no la sentí como una rendición, una resignación, fue algo demasiado tranquilo, algo que me hizo saber que era necesario un giro.

Había logrado acceder a ese lugar en secreto anhelado, mi vida contemplaba problemas reales, materializados en el amor imposible hacia una mujer para quien en ese momento de su vida sólo eran relevantes los juegos amorosos, solaces que entonces habían terminado en el robo de mi hogar, o mejor de mis vestiduras, el oprobio del baño, unidos a la vergüenza producida por la facilidad con que habían entrado los ladrones, gracias a la memez de mi rapto místico en el que había decidido dejar mi casa abierta como refugio. La humillación que sentí al verme expuesto de esa manera trajo consigo la altivez del derrotado, en ese puro lugar en donde se desea detener el juego, dejarlo a quien quiera seguirlo, entonces conciente de la pérdida, y así deponer las armas.

Regresé a la habitación, habiendo pasado por alto los deseos de llamar a alguien, y me quedé sentado sobre la cama abrazándome las rodillas, adolorido, en una actitud no de decaimiento sino contemplativa. Me acosté en posición fetal dentro de las cobijas, y adormecido por el cansancio, me quedé en un duermevela en el que me pareció grato rememorar la seriedad de la infancia. Y tras ese recuerdo me disolví con apacibilidad en un amable estado de comprensión que me permitió conciliar el sueño.

ESTACIÓN UNDÉCIMA
ES CRUCIFICADO

No sin dificultad conseguí abrir los ojos, mi cuerpo ponía un gran empeño en responder a las órdenes enviadas por la cabeza, mi cuerpo debilitado por el ayuno de tres días y los golpes recibidos, entonces por completo invadido por la enfermedad que me dejara Dolores. Entre calosfríos logré incorporarme, fui entre penumbras hasta la cocina donde mis ojos se acostumbraron a la oscuridad, tanteé una de las paredes hasta encontrar el interruptor de la luz. Tras acostumbrarme de nuevo a los colores y las formas, serví un vaso con jugo de naranja que me quemó la garganta adolorida y reseca.

Fui rumbo al baño mancillado como si en éste hubiera un cadáver y, allí dentro, su espejo me mostró el reflejo de un hombre pálido y enfermo, de labios partidos bajo un ojo amoratado. Vacié la fétida papelera y boté las colillas, limpié la mierda de la ducha con náuseas, por lo que tuve que correr al lavamanos donde abrí la llave del agua fría y me lavé la cara mientras lloraba con rabia e incomprensión, un llanto masculino sediento de venganza, al tiempo que me forzaba por desvelar las razones de mis pasadas acciones, quise disculparme ante alguien o buscar sangre. Vi a Dolores partir con Ramón y volví a odiarla, odio que curiosamente trajo consigo una leve alegría: el saber tanto en carne como en mente que volvía a ser mi antiguo yo constante.

Después de orinar a segmentos, no apuntando con la mirada la ruta seguida por el líquido de mis entrañas sino guiándome por el sonido que éste producía al contacto con el agua, volví a mi habitación donde me desplomé sobre la cama, lecho en el que aún permanecía no sólo el olor de Dolores sino los gérmenes de su enfermedad. Pensé cambiar las sábanas pero mis fuerzas eran incapaces de otro movimiento que no fuera el de arroparme con todas las cobijas, tiritando de frío, y de buscar a tientas el control remoto del televisor, el cual prendí sin demora, despreocupado de lo que estuvieran presentando en ese momento.

Comprobé en su totalidad mi llegada a ese punto de martirio tan anhelado en secreto, era el testigo de mi propia derrota, sonreí con claridad y resignación por primera vez en mucho tiempo, y sólo eché en falta el que no hubiera alguien más que yo para verlo. El malestar me detenía en un lugar entre la vigilia y el sueño, no dormía pero tampoco estaba despierto aun cuando mis ojos permanecían cerrados. Vi en segundos mis últimos años: la cueva en que conocí a Dolores y su histórico "¿Quieres?", musitado entre los desportillados dientes, los primeros meses, el amor naciente. Sin pestañear seguí con la noche de las cervezas de Martín, su larga noche de muchos días, la confesión final y mi perdón insincero. Las imágenes continuaban sin pausa, estuve con mamá y mi hermano padeciendo las navidades, me vi debajo de la cama recordando a papá, queriendo escucharlo por primera vez, me encontré de nuevo con Dolores, me sentí mártir, testigo de una vida deseada y convocada, me dieron escalofríos al reconocer las caras de otras mujeres con quienes intenté escapar de mi condena impuesta y a quienes les prometí el cielo para olvidar por segundos mi infierno, y luego Ramón con toda su modernidad y el corazón en llamas en la entrepierna de Dolores, y las imperdonables dudas acerca de mi madre y mis días de desmesura mística en que escuché el sonido de mi cuerpo al desplomarse, el humillante saqueo de mi hogar, última escena de ese tiempo trascurrido.

Cesaron las imágenes y volví a mi cama empapada de sudor, la televisión todavía prendida. Sentí un fluido que recorrió todo mi cuerpo, sensación que me regresó a la imagen de Dolores, quise escuchar su voz y entender su lejanía. Comprendí que por vanidad lo había perdido casi todo, lo que permanecía era parte de un orden de cosas superior a mí: el amor de mi madre y Juan, lo incondicional en Felipe, la lealtad de Martín, mi afecto por los muertos a quienes supe yo no importaba. Planté la cruz y me clavé en ella, sabiendo que la había modelado con mis manos, había pulido el madero, el travesaño, brillado los clavos, escogido las espinas para mi corona. Entendí que estaba ciega y desesperadamente enamorado de Dolores, de una mujer triste y ensoñadora, confundida, de ojos como mundos en quien quise ver la suma de todos los mundos, la redención, la unión con el absoluto. El vacío se apoderó de mí y sólo pude arrastrarme hasta el teléfono, presionar uno de los botones de la memoria, y agradecer la oportunidad de volver a escuchar la voz de mi hermano al otro lado, antes de sentir la lanza de Longinos traspasando mi costado.

ESTACIÓN DUODÉCIMA
MUERE EN LA CRUZ

Tras intentar pretender sin el menor éxito sonar casual y sosegado, colgué el teléfono luego de hablar por unos minutos con Juan, quien dijo que vendría a visitarme, noticia que alivió la vergüenza de mis anteriores fallos, al tiempo que supo embargarme de una extraña fortaleza.

Mi cuerpo pedía alimentos para comer y líquidos para beber, apetitos que sacié sin demora con lo primero que encontré en la nevera: arroz blanco y jugo de naranja, los cuales al comenzar a ser ingeridos me hicieron sentir una increíble pesadez cercana a la náusea. Comí sólo unas cucharadas del arroz insípido y me dediqué a los líquidos, los cuales desaparecían no bien habían ingresado. Y allí, bebiendo agua, intentando calmar la sed y obviar la enfermedad que me volvía a hacer sentir como si mi cabeza fuera un gigantesco balón medicinal hecho de cuero repujado, me encontraron la Soledad, la Incomprensión, la Rabia y la Tristeza, viejas amigas que no se habían olvidado de mí.

Ver las jarras con jugo, los alimentos comprados para la convalecencia de Dolores, permitió que las saludara una tras otra a medida que se iban presentando: el silencio de la casa sólo roto por un vehículo

casual que cruzaba la calle, ese silencio seco y desolador era el saludo caluroso que la Soledad me hacía,
esa soledad escasa que realmente no vivimos tantas
veces como quisiéramos decir, la soledad única que
sólo se presenta cuando nos detenemos a pensar en
ella, como una vieja amante de quien nos sorprende
su llamada justo cuando un objeto inane antes pasado
de largo nos evoca algún momento compartido años
atrás, esa cábala de los objetos. La Incomprensión
presentó sus credenciales cuando un acceso de tos
casi me tira al suelo, recordatorio de la enfermedad
que me dejara Dolores, pensamiento que permitió la
rápida introducción de la Rabia, quien me extendió
las misivas de su reino. Incomprensión y Rabia fueron
turnándose la palabra sin interrumpirse, casi construyendo un mismo discurso articulado, hasta que dieron
paso a la gran reina de los días pasados, la Tristeza,
quien dijo: "¡Basta ya!", acallando a las otras, para
luego mandarme a tomar una ducha necesaria. Bajo
el chorro de agua puesto adrede en un grado de calor
a punto de escaldarme, comencé a recordar las veces
en que me bañara con Dolores: los primeros días y
sus duchas sexuadas, el placer de verla enjabonarse, la
delicia del abandono en sus conocedoras manos que
procedían a hacer lo mismo con mi cuerpo, prólogo
de otros deleites por venir. Las mañanas con resaca
(la mía controlada por el hábito y la de ella un oscuro
territorio sobre el que sólo se puede caminar en pun-
titas) en las que yo la bañaba mientras escuchaba sus
reproches por haberla emborrachado, pequeñas peleas
sin necesidad, sonrisas ofrecidas por el presente que

pasamos de largo, por lo inminente del ahora y que en el futuro son las frías estatuas de los tiempos felices imposibles de revivir. Así, entendí el amor que sentía por Dolores: la quería porque siempre estuvo presente aun durante sus ausencias, aun cuando estuviera con otros hombres.

Ella se iría (seguramente donde Ramón, quien le ofrecería algo y todo lo rápidamente obsoleto de la modernidad), yo me quedaría ardiendo y con ganas de tomarme un trago, el cual se convertiría en muchos, hasta caer inconsciente luego de haber pregonado mi vieja salmodia de ira hacia Dolores a alguno de mis pacientes amigos, quienes (imagino y espero) habrán sabido reírse de toda mi necedad. A la mañana siguiente (o de los tres días siguientes como máximo), ella llegaría temprano, se metería en la cama a dormir conmigo, yo queriendo pelear y sacarla de mi vida, ella respondiendo con su risa o con un par de suaves bofetones educativos, a la vez que me decía que no fuera imbécil y me durmiera de una buena vez. Ella se dormiría rápidamente y yo me quedaría mirándola, una parte de mi entendimiento henchido de gratitud, la otra en llamas intentando buscar algún rastro de otro hombre (de Ramón en particular), cosa que me devolvía al pensamiento de que en esa relación yo me situaba en el lugar que antaño ocuparan las mujeres, un tipo lastimoso bien lejano de lo que alguna vez pensó que era ser un hombre.

Cuando salí del baño mis viejas amigas ya se habían marchado. Me habían dejado el recordatorio de su presencia, una curiosa sensación de quietud cercana al sosiego. Comencé a ponerle betún a unos zapatos cafés, ejercicio que no hacía desde niño cuando papá intentara enseñarme disciplina y humildad mediante esas actividades. Juber anunció a mi hermano y me senté a esperarlo, ansioso y agradecido, como imagino que un sufriente enfermo terminal aguarda la muerte.

Juan llegó con dos espléndidos continentes teñidos bajo sus axilas, resoplando, el pañuelo en la amplia frente mientras la oscuridad se extendía. Me abrazó y me besó en la sien con un gesto afanoso y dulce para luego reenfilar su curso hacia la placidez del baño. Con un poco de agua tomé la siguiente ronda de tabletas contra la gripa que me mantendrían anestesiado por otras cuatro horas, a la vez que escuchaba casi con nostalgia las complejas luchas gástricas que llevaba a cabo mi hermano allí dentro. Luego de unas pugnas más, Juan salió secándose las manos con una toalla, en dirección inequívoca hacia el sofá.

—Estoy descompuesto. Me duele la tripa. Me voy a morir. Dame algo —dijo como un autómata. Le serví bicarbonato en un vaso con agua y escuché divertido la descripción del almuerzo que había tenido con unos amigos.

Así, estuvimos hablando por algo más de tres horas, hasta que mi hermano se levantó para marcharse. Me abrazó con calidez por unos instantes, al tiempo que me repetía una y otra vez cuánto me quería, la gracia de sus palabras tan preciosa como la gloria y tan cruda como la verdad, esas palabras que me decían: "Chiquito, no hay ningún derecho especial para la felicidad o la infelicidad. No hay tragedias y el genio no existe. Tu confianza y tus sueños no tienen ninguna base. Si hay en esta Tierra algo excepcional, una belleza particular, o una sensación especial que pensamos nunca terminará, la naturaleza encuentra su manera de desarraigarlos". Sin mirarme a los ojos y justificándose de inmediato por su exceso discursivo, resumió:

—Lo que quiero decirte es que ya pasará, como todo pasa —expresión tan innecesaria a oídos del doliente que sólo desea regodearse en su miseria, pero que esta vez, en boca de mi hermano, sonó como el salvoconducto, la carta blanca que necesitaba para permitirme entender las fuerzas que rigen el mundo, nuestra unión inquebrantable que se sienta a observar el tiempo que pasa, y que a su vez me permitió llevarlo hasta la puerta, agradecerle su visita y recordarle que lo amaba, ir junto a la ventana y arrodillarme sobre el sofá para ver cómo se perdía por la esquina de la calle con su andar amplio y confortable, sentarme de nuevo y tomar un poco de agua que había en un vaso sobre la mesa, pensar en Dolores y preguntarme acerca de su abandono, la cual era en realidad una pregunta más sobre su ausencia, para finalmente, luego de dejar el vaso, pensar en la cegadora perfección del mundo, inclinar la cabeza y así entregar el espíritu.

ESTACIÓN DÉCIMATERCERA
ES BAJADO DE LA CRUZ

Dolores se había adelantado a mi partida, una realidad cómoda embellecida por un dato esperado y cómico: la noticia de su matrimonio con un griego, quien se encargaría de solucionar su situación legal y de hacer su vida, primero ilusoriamente tranquila y novedosa, miserable en lo siguiente, razón por la cual no dejaría de llamar con regularidad a recordarme el tiempo vivido, nuestro amor leal y el deseo de una vida futura juntos, sin obstáculos, sin la moral de parroquia bogotana, una vida de ambos cuando ella finalmente fuera una mujer y yo un hombre, vientos que acariciaban mi cara mientras recogía esos pedazos de mi vida y los ordenaba en las estanterías, e iba contando los días hasta la partida, ese mañana que entonces se presentaba estéril.

Los días transcurrían confortables guiados por la lentitud, era bueno volver a sentir un silencio fundamental. Era bueno, mientras resumía la temporada vivida con Dolores en el almacenar de unas cuantas fotos, un par de libros y una lámpara regalada en esos días de esplendor, sentir el fluir de esa nueva presencia. Los difíciles momentos vividos entonces fundidos en esas cajas, en lo que sería mi primer recuerdo amoroso, cajas que a su vez representaban un memorial a esos años, tiempo que me dejaba con esa otra sensación de gratitud extendida hacia esas personas que creemos que nos han hecho sufrir, pero que la experiencia de su convivencia nos ha dejado en realidad inmensamente ricos.

Dolores había logrado hacerme salir de mi aburrimiento congénito, con ella penetré en un paisaje de la vida que se convirtió en mi vida, dándole curso en ese momento necesario, un territorio que quizás sin ella no habría descubierto. Ella se convirtió en mi vida y era el momento de decirle adiós, sin pasiones excesivas, sin los falsos insultos y gritos de otro tiempo, recuperando los botones perdidos a fuerza de tozudez, recogiendo todos los pedazos para pulirlos, guardándolos en cajas, caracol pronto a la partida que se entrega a visitar los lugares donde fue feliz.

Esas tibias corrientes de aire acariciaban mis días llevándome a su antojo, yo las dejaba hacer, evitaba los pensamientos funestos pensando en colores, repitiendo sus nombres, lograba climas perfectos en el interior de mi carro, dedicaba mis tardes a ver revistas de moda, uno de los legados de Dolores, a mirar discos y libros, feliz de sólo preocuparme por la diaria rutina, la compra del pan y la leche, llamar a los amigos cuando pensamos que querrán oírnos, inmerso en una vida tibia, que me llevó a encontrarme con Ramón (gracia de lo esperado a destiempo) en una fiesta a la que yo había ido con Felipe y Martín, saludarlo cuando ambos estábamos borrachos, escuchar cuánto le agradaba verme (antiguos rivales que finalmente se encontraban cuando la guerra había terminado y comprendían cuán parecidos eran), preguntarle por sus días y contarle sobre los míos, todavía tanteando el terreno aun cuando ya no había nada que perder, para finalmente proceder al vértigo compartido del recuerdo de nuestras vidas con Dolores, ese reconocimiento de haber padecido suertes casi idénticas, que traía el alivio de aquel que descubre no haber sido el único sufriente, de esta manera comprendiendo que ambos habíamos jugado su juego provocador, juego aburrido para el participante aventajado que ya ni siquiera disfruta de éste, pero necesitado de la victoria para asentar su mundo.

Supimos que ambos la quisimos, a las claras concientes de ese juego, certidumbre que trajo consigo cierta pérdida del misterio, la verdad develada que desvirtúa, por lo que también comprendimos que habíamos sabido optar en su momento por continuar con esas cambiantes y en ocasiones inaceptables reglas para aquellos que prefieren ver sólo un lado de las cosas, aquellos quienes buscan en una mujer las antiguas y apacibles virtudes de tierno encanto y constante unión que parecen garantizarle la felicidad a cualquier hombre, y así perdiéndonos sin reparos en aquello que representaba la vida con Dolores, una de esas mujeres que encarnan el comienzo de una generación, de una nueva época, que no se parecen a lo ya conocido y que expanden alrededor, sobre todo con sus imperfecciones, el temible atractivo de lo naciente, por lo que decidimos elegir la fuerza por encima del desgano, el peligro a la comodidad, lo nuevo a lo conocido.

La comodidad era necesaria, el desgano me permitía continuar sin mayores deseos y lo conocido era mamá, volver a estar con ella por largas horas, lo conocido era Juan y los amigos, lo conocido comenzaba a ser desmontar la cruz, madero a madero, la experiencia con Dolores empezando a ser parte de ese territorio gastado, por lo que podía hablar con Ramón, también con desgano y comodidad, al igual que él lo hacía; rivales que aceptaban haber estado con una mujer normal, única en su normalidad, y que parecía ser la cifra de esa incomprensible suma de radiante percepción y de desencanto, de sensatez y puerilidad, de afectuosa apariencia y de interior tumultuoso, todas esas contradicciones que unidas creaban una mujer irregular, seductora y desconcertante al mismo tiempo. Y todo eso lo veía con claridad mientras hablaba como si fuéramos viejos amigos con Ramón.

La visión develada significó mi esperado descenso de esa cruz labrada con mis manos. Había emprendido el largo camino de regreso acompañado por los vientos tibios, aunque la herida aún estaba abierta: sentía por Dolores, en lo más profundo de mi corazón, una suave ternura que iba sacando como el agua de un pozo del pasado, pues, a decir verdad, el presente estaba muerto.

ESTACIÓN DÉCIMACUARTA
ES LLEVADO AL SEPULCRO

Y un día de enero, en la mañana, fue inminente la tan esperada y temida marcha en busca del sueño de una vida cerca al mar, con estaciones, una brumosa Canaán, esa imaginaria tierra de promisión a la que me dirigía a bordo del carro de mamá, cuidadosamente presurizado en mi honor, el timón a su precavido cargo, y a la diestra Juan, quien pelaba una mandarina.

El bonsái de olivo descansaba a mi lado en el asiento trasero, feliz de dejar su vida estacionaria, el hilo del que pendiera el papelito con el nombre de Dolores todavía anudado a una de sus ramas, entonces pareciendo más el recordatorio de algo por hacer que la impronta de una pérdida. Una llovizna comenzó a caer por las poco transitadas calles, y esta desfavorable atmósfera, unida al silencio que sosteníamos los cuatro allí dentro, completaron la sensación de vacío que se había apoderado de la boca de mi estómago, la inminencia de la final partida.

Era claro que no sólo el sueño de un mar y de una vida en apariencia novedosa, quizás lo suficientemente peligrosa para lograr esquivar al corazón y destrozar mi cabeza, eran suficientes. Era verdad que las ensoñaciones de la vigilia habían traído consigo la promesa de una vida distinta, rica en matices, visitada por los sueños fatuos de una existencia inconforme, las plegarias atendidas, imágenes que entonces, dirigiéndome al aeropuerto acompañado por mi familia, cobraban toda la dimensión de su estupidez y engaño: supe que jamás saldría de ese tranquilo campo de concentración, sólo sería trasladado a otros, y la esperanza se encontraba en que estos nuevos campos quizás fueran más amables, una ampliación acorde a las necesidades del momento.

Comprendí que no quería partir pero ya era demasiado tarde, la vanidad y el orgullo, fortalezas inexpugnables que defienden mi vida con pasión y de las que en ocasiones sueño escapar, se sostenían erguidas y solemnes, inhabilitándome para proferir ese lamento que quizás hubiera querido elevar, ese deseo de quedarme siempre al lado de mi familia, el viaje entonces un concepto innecesario, exaltación de una idea sólo pensada por los espíritus débiles.

Mientras hacía la fila para entregar el equipaje y analizaban al milímetro las maletas de quienes me precedían, lejos por unos instantes de mi familia, me detuve a observar la puerta de salida de pasajeros en el momento en que un muchacho abría los brazos para abrazar con cariño a quien pensé que era su madre. Luego regresé al lado de mamá y Juan, a quienes se había sumado Felipe, prófugo por horas de la revista, quien me saludó con un abrazo acompañado de un teatral sollozo en el que me preguntaba qué iba a ser de él, qué iba a hacer de mí lejos de casa, para luego tomar mi maletín de mano y cargarlo, como antaño cargara con gran parte del peso de mi cruz.

Fuimos a un café en el que no había mucho por hacer, salvo los últimos apretones de mano con mamá y Juan. Felipe comenzó a hurgar dentro de su maleta, sonriente, y de allí sacó primero una caja de aguardiente con un moño lila, regalo enviado por Jairo, otrora Despreciable, quien le había encomendado entregármela como recordatorio de nuestra amistad forjada en esa noche, noche en que soñara con mi paraíso etílico y estuviera con las secretarias de la revista, en la que él se prestó también a cargar mi cruz.

Guardé el aguardiente y Felipe prosiguió a entregarme una cámara fotográfica automática, instrumento tan familiar para mí, la primera cámara de Martín, a la que sumó una fotografía que le había tomado a Dolores meses atrás, una en la que su cara salía borrosa sobre un fondo nítido. Imaginé a Martín en casa evitando la agobiante escena, incapaz de haber ido al aeropuerto por esa ausencia de sentimentalismo que se funde con la pereza, y volví a sentir lo innecesario de la partida, una corriente eléctrica recorrió mi cuerpo, y supe que siempre admiraría y querría a Martín, viejo amigo con quien aprendí a descubrir el mundo y con quien también supe que tendría una alianza inquebrantable, forjada con los años y a la cual jamás podría dar la espalda.

Felipe seguía mirándome con una sonrisa cuando sonó la última llamada para abordar el vuelo. Nos dirigimos hasta la puerta de inmigración, donde preferí detener el vértigo y acelerar la caída. Abracé a Felipe con fuerza, luego a Juan, quien nunca dejaría de verme como un hijo un tanto dramático y excesivo, me besó en la frente y me recordó cuán pronto nos veríamos, para finalmente llegar a los brazos de mamá, quien no pudo contener sus lágrimas, por lo que hinché mis pulmones conteniendo la respiración y me giré con paso decidido rumbo a la entrada de pasajeros con la fuerte convicción de no mirar atrás.

Mientras buscaba el pasaporte y el pasaje para mostrarlos al oficial de aduanas, luego de haber puesto mi maletín en la banda transportadora de la máquina de rayos x, palpé un bulto extraño en uno de los bolsillos de mi chaqueta, el cual me apresuré a sacar no sin cierto temor. Aliviado vi que eran las *Meditaciones* de Marco Aurelio, un libro pequeño que entonces supe que Felipe había deslizado mientras me abrazaba, victoria última de sus juegos silenciosos con mi mundo. El oficial selló mi salida y recorrí las vitrinas de las tiendas sin impuestos, una mujer me ofreció una tarjeta telefónica para hacer llamadas internacionales, y tras cruzar más controles entre malogradas bromas de un par de policías bachilleres, me senté frente a los grandes ventanales a la espera de abordar el avión, al tiempo que abría el libro, dedicado en la primera página con estas palabras: "Bueno, te regalo un aparte: 'En la vida de un hombre', escribió Marco Aurelio, 'su época es sólo un momento; su ser, un fluir incesante; su juicio, el débil resplandor de una vela de sebo; su cuerpo, presa de los gusanos; su alma, un remolino inquieto; su fortuna, oscura; su fama, dudosa. En síntesis, todo lo que es su cuerpo es agua en tránsito, todo lo que es alma, sueños y nubes'. Recordándote siempre, Felipe". Y estas palabras de

Marco Aurelio escritas en el florecer de la Roma imperial, en letra de mi amigo, me permitieron sustraer toda la realidad en la visión de un momento: algo se había acallado en mi interior y yo me había olvidado de mí mismo.

DOS

Me levanto del escritorio con el corazón acomodándose, reduciendo el impulso de los latidos producidos por el recuento del tiempo con Dolores, las nubes acumuladas que me impedían la visión se disipan, revelando de nuevo el templado cielo azul de Barcelona ante mis ojos.

Las anotaciones mentales hechas, limitadas e incompletas como todo recuerdo, dejan el eco sordo de esa gran losa de mi sepulcro que finalmente engrana en su lugar, permiten que me entregue al sensual abandono que trae el conocimiento de no haber vivido nada nuevo para el mundo, el recuento de las estaciones de mi calvario de algodón coinciden en lo esencial con la historia de todo hombre pero no son idénticas, y ese abandono que trae la confirmación de un axioma quema y conforta a un mismo tiempo, me permite detener en la imagen del flujo incesante, por lo que tras entregarme unos minutos a mirar por la ventana pensando que en realidad estoy en El Cairo, decido salir a dar una vuelta y dejarme llevar al primer bar amable que encuentre a mi paso.

Bajo las escaleras y en la puerta me encuentro con mi vecino argentino, quien siempre que me saluda desvía la mirada. Luego compro el periódico aun

cuando nunca lo hago y me dirijo con paso lento
pero firme a una terraza bañada por el sol invernal,
donde me siento y pido una cerveza. Los músicos
callejeros se intercalan con el ruido de la ciudad logrando una curiosa composición que me distrae por
unos momentos.

En una de las páginas centrales veo a Copito de
Nieve, el gorila blanco (a punto de morir enfermo
de cáncer, con cuarenta años cumplidos, ochenta
humanos, de profundos ojos azules), emblema de esta
ciudad y de quien tengo el muñeco de casi un metro de
altura en casa. En unas fotos parece reír con un rictus
oriental, en otras parece meditabundo, ensoñador
quizás, plácido mientras ve cómo juegan sus nietos,
tomando leche cuando era un niño o siendo bañado
en un barreño con agua. Aparte de su albinismo, no
es un espécimen excepcional dentro del mundo de
los gorilas, su inteligencia es mediocre, es casi ciego,
pequeño de tamaño, y me divierte leer que ha sido el
gorila más sexualmente activo del mundo (ha tenido
veintidós hijos, de los que sobreviven cinco), producto
quizás de su albinismo o del aburrimiento.

Termino la cerveza, cierro el periódico, y mientras
veo una foto en primera página de la cara de Copito
mirando con detenimiento las hojas de una rama, vuelvo a sentir el compás de mi tiempo, "¡Para hoy!", grita
el viejo lotero justo detrás de una pareja de señoras
quienes se sobresaltan, su pequeña diversión íntima,
para luego continuar con paso lento entre gritos, los
cuales en este momento resuenan en mis oídos como
un llamado, "¡Para hoy!", una invitación extendida por

el dios borracho, emitida desde sus crípticos simbolismos, para levantarme e ir al zoológico.

Llego al Parque de la Ciudadela cuando cae la tarde. Paso por el invernadero y pienso que tengo que traer pronto a mi olivo a que hable con otros semejantes. Sigo andando por los caminos del parque. Veo a un grupo de jóvenes vestidos a retazos que tocan tambores africanos. Reconozco el olor mentolado del hachís. Otros hacen malabares. Parecen sustraídos de otra época en el tiempo. Una muchacha rubia con gruesos mechones de pelo y con dientes podridos se acerca a pedirme papel para liar. Me habla en catalán y yo le respondo que no tengo. Me da las gracias sonriendo y vuelve con sus amigos.

Llego a un lago en medio del parque. Hay patos y algunos niños montan en barquitas de remos. Recuerdo la laguna de Sopó, a Felipe y a Martín, y mi aflicción crece un poco. Quiero alquilar una pero luego pienso que me sentiría triste e incómodo sentado solo. Más niños juegan a subirse a un mamut de hormigón. Uno de ellos descansa sonriendo en uno de los enormes colmillos. Otro que está empinado en la trompa intenta bajarlo jalándole las medias. Finalmente llego al zoológico y pago una entrada.

Entro y camino un trecho por entre las jaulas y los pavos reales que caminan libres por el parque. Me detengo a mirar los estanques llenos de alegres leones marinos de California que toman el sol o juegan en el agua, los gorilas de costa que se rascan los brazos con detenimiento, la gacela dorca del Sahara occidental frente al ibis sagrado, escucho el ronco ladrido del gran kudú, el más sonoro entre los antílopes. Observo unas aves, el buitre rey junto al zopilote de cabeza roja y el capibara, aburridas en su cautiverio. Son sitios tristes los zoológicos, pero siempre me he sentido a gusto en ellos. Sigo caminando, paso por los pingüinos de Humboldt y me enternezco sobremanera cuando me apoyo sobre la baranda desde donde puedo ver a un oso pardo que camina enloquecido entre la ilusión que le han creado como mundo, piedras que asemejan una caverna, un estanque con losas y una cascada. Gruñe desgarrado y escruta con sus ojos a través de un estrecho abismo de incomprensión. Pienso que me gustaría saltar el muro y hacerle compañía en su soledad, hasta que recuerdo, ahora divertido, cómo quien está solo no puede dejar de pensar en la soledad, al igual que el enamorado no deja de pensar en el amor. Un hombre increíblemente gordo se para a mi lado. Al verlo acercarse decidido a la baranda pienso que él sí va a saltar, pero no lo hace, sólo le toma una foto y sigue su camino.

De espaldas al grueso vidrio que lo encierra, en posición de zazen, está Copito de Nieve, Ngui Nfumu, el gorila blanco. Desdeñoso y apático, sin mover siquiera la cara o la boca, le muestra su blanca espalda al mundo que espera retratarlo, quizás entenderlo, aun cuando en verdad sé que lo hace debido a su fotofobia como había leído en el periódico. En el otro extremo, una hembra gorila dormita despreocupada, mientras dos de sus nietos se balancean entre gruesas redes de barco. Dejan de jugar entre las redes y van al lado de su abuelo, que se ha acostado bocabajo y recuesta la cabeza en uno de sus fuertes antebrazos. Finalmente bosteza abriendo su formidable boca para luego pasar a limpiarse los ojos con ayuda de sus meñiques. Arriba de la jaula veo una foto de Copito de niño tomado de la mano del hombre que lo trajo de las selvas africanas de Mbini. Ambos parecen sonreír. Copito es ahora un viejo. Su pelo comienza a caer y deja ver su rosada piel de albino, un sarcoma debajo de la axila derecha, en el que logra introducir toda su mano para luego pasar a chuparse los dedos. No hay otro como él en el mundo. Al verlo pienso en Dios. Recuerdo la teoría del tsimtsum, la cual habla de cómo para algunos cabalistas antiguos éste era el comienzo del drama universal, del drama divino, en el que Dios se limita, "se retira sobre sí y, en lugar de proyectarse hacia fuera, contrae su ser en una más profunda ocultación de su yo". Decide exiliarse, como Copito en las profundidades de su ser. Recuerdo a Dolores y pienso en el amor que sentí por ella, por el que sentí morir y que ahora es sólo otro exilio más, con una postal o una llamada del país, de vez en cuando, ya sin hondas sensaciones ni pensamientos imperfectos, un recuerdo que nos lleva de nuevo al comienzo de la senda, a ese camino de vuelta a la identidad primitiva, el regreso del exilio espiritual, pues a eso se reduce siempre la historia individual, a numerosos exilios.

Comprendo entonces que hay un recorrido dentro de la soledad, en el que ésta se vuelve cada vez más rigurosa y difícil de evadir, por lo que buscamos un trato cada vez más íntimo con nosotros mismos, una relación con lo incondicionado, tan real como la muerte, quizás porque esta relación íntima puede llegar a ser más intensa que la soledad y rompe sus límites, su ley férrea, construye el puente que, por encima de la angustia, atraviesa esa fuerza intermedia que nos hace uno con el todo.

Regreso pensativo a casa cuando la ciudad empieza a iluminarse. Me preparo un café mientras le cuento el paseo al olivo, le describo a Copito, y entonces noto un leve temblor en sus hojas que me hace saber que se siente incómodo, celoso quizás. Lo acaricio y mientras quito el cordel que pende de una de sus ramas, le digo que no hay nada de qué preocuparse. Y él me entiende.

CONTENIDO